Boa leitura!

Carol Dias
♡

Carol Dias

Cuida do meu coração

1ª Edição

2018

Direção Editorial:	**Arte de Capa:**
Roberta Teixeira	Franggy Yanez
Produção Editorial:	**Revisão:**
Beatriz Soares	Ana Paula Silvestri Maciel
Modelo:	**Preparação de texto:**
Manuel Yanez	Camila S. Dutra
Fotógrafo:	**Diagramação:**
Franggy Yanez	Carol Dias

Copyright © Carol Dias, 2018
Copyright © The Gift Box, 2018
Todos os direitos reservados.
Nenhuma parte do conteúdo desse livro poderá ser reproduzida em qualquer meio ou forma – impresso, digital, áudio ou visual – sem a expressa autorização da editora sob penas criminais e ações civis.
Esta é uma obra de ficção. Nomes, personagens, lugares e acontecimentos descritos são produtos da imaginação da autora. Qualquer semelhança com nomes, datas ou acontecimentos reais é mera coincidência.

Este livro segue as regras da Nova Ortografia da Língua Portuguesa.

Dados Internacionais de Catalogação na Publicação (CIP)
Bibliotecária Responsável: Bianca de Magalhães Silveira - CRB/7 6333

D541

    Dias, Carol
        Cuida do meu coração / Carol Dias. – Rio de Janeiro: The Gift Box, 2018.
        228p. 16x23 cm.

        ISBN 978-85-5293-06-0

    1. Literatura brasileira. 2. Romance. I. Título.

                                                CDD: B869.3

Prólogo

Luiza

— Rubens, você colocou a ração da Mel? — Meu noivo bufou e tirou o cinto. — Se não colocar a comida agora, na hora dos fogos ela não vai querer comer.

— Odeio esses infelizes que soltam fogos e assustam os cachorros.

Reclamando, ele saiu do carro e foi para o elevador de novo. Enquanto esperava, resolvi tirar uma foto para postar no *stories*. Desde que Paula falou sobre a festa, estou ansiosa. Nós conversamos muito pelo celular, mas pouquíssimo pessoalmente. Nem parece que a gente mora na mesma cidade.

Claro que não é sempre assim. Quando ela está de folga, a gente consegue marcar as coisas, se encontrar, ir à praia... Mas quando Paula está trabalhando, o que acontece em boa parte do ano, ela desconhece fins de semana e feriados.

Paula é uma das minhas melhores amigas desde que éramos crianças. Quer dizer, eu tenho outros amigos com quem sair e conversar, mas não tenho essa ligação com mais ninguém a não ser ela. Acho que ter de enfrentar a escola juntas nos uniu. Não gostávamos de ter outras pessoas no nosso grupo, porque sempre funcionamos melhor como dupla.

No ano em que nos formamos, ela foi participar do "Canta, Brasil", o programa de talentos. Saiu de lá como uma das integrantes de uma *girlband* chamada Lolas[1]. Quem imaginaria que aquelas cinco estranhas funcionariam tão bem juntas?

Por um tempo, tive medo de que isso separasse a gente. Claro, não conseguimos ficar tão grudadas quanto antes, até porque tem coisas que ela enfrenta e eu não entendo. Acho que nunca vou entender, porque nunca passei por determinada situação. Não poderia passar nem se quisesse, porque cantar é um dom que não foi dado a mim.

Por outro lado, Paula não entende meus dramas universitários. Ela tenta, mas nunca vai saber o que é ficar de recuperação em uma matéria e manchar o seu CR por todo o curso. Ou estudar como louca apenas para ouvir da sua chefe que a gente aprende a ser advogada na prática. Muito menos o que é dormir com um livro de 700 páginas em cima da sua barriga, dificultando sua respiração. E quando você rola para um lado, esbarra em mais um livro enorme, e para outro, nas suas preciosas anotações.

Cada uma de nós têm seus problemas, mas mesmo assim continuamos melhores amigas uma da outra.

Moramos juntas por três meses. Ela estava vivendo aqui no Rio com Raissa, a outra integrante da *girlband*, que veio de fora da cidade. Eu tinha acabado de passar para a faculdade e vim para cá por ser mais perto. Nesse meio tempo, a família dela acabou se mudando também, pois ter de se afastar não funcionou para eles e eu fiquei sozinha no apartamento. Foi na mesma época em que conheci Rubens.

Nosso relacionamento parecia um daqueles livros em que os protagonistas se conhecem, namoram em uma semana e passam a viver juntos em duas. Levamos um mês para morarmos juntos, em parte porque o aluguel estava ficando difícil para pagar e também porque Rubens queria sair da casa dos pais e ter mais liberdade. Nós dois aprendemos muita coisa vivendo debaixo do mesmo teto: a respeitar o espaço do outro, a ser pacientes, a dar apoio. Sair das asas dos pais é uma experiência única e eu recomendo para todo mundo. Ajuda a formar caráter.

O ano de 2017 foi incrível para as Lolas. Por isso, elas resolveram

---

1 A banda Lolas é parte de uma série de novelas chamada Lolas & Age 17, disponível na Amazon. A primeira leva o nome "Por Favor" e conta a história de Thainá.

dar uma mega festa de fim de ano. A promessa é de que seria super badalada, com vários famosos convidados. Em um hotel que fica em frente à praia da Barra, haveria fogos de artifício à meia noite e tudo o que uma virada de ano pedia. Esse é o principal motivo para eu estar tão ansiosa.

Rubens volta e começa a dirigir. Moramos no Méier, na Dias da Cruz. O caminho mais simples para Barra é a Linha Amarela e Rubens o faz automaticamente. Ele trabalha na Avenida das Américas, em um centro empresarial, vai dirigindo todos os dias. O carro foi um presente do pai e eu reclamo toda vez que temos que desistir de algo legal que planejamos para colocar gasolina nele, mas existe uma vantagem nisso tudo: minha faculdade termina tarde, depois das 22h todos os dias. Rubens estuda comigo, nós dois somos alunos de direito, mesma classe. Assim, eu não tenho que voltar de ônibus sozinha da Zona Sul. Com a cidade perigosa do jeito que a nossa está, sou grata por estar acompanhada e não depender do transporte público.

Somos o casal da turma. É claro que outras pessoas já se pegaram e namoraram, afinal estamos falando de jovens cheios de hormônios, mas estamos juntos desde o primeiro semestre. Algumas pessoas, principalmente os que entraram na turma pelo meio do caminho, chegam a pensar que nossa relação começou antes mesmo de começarmos a faculdade. Não reclamo, porque adoro o título. É bom ter alguém ao seu lado para ler aqueles textos enormes e ajudar a decorar leis. Melhor ainda quando os dois têm o mesmo objetivo: ser o melhor que pudermos.

O caminho acaba sendo mais rápido do que previ, em parte por não estar acostumada a ir para a Barra da Tijuca sem trânsito. O hotel possui estacionamento, mas paramos na rua. É de graça e, mesmo que haja bastante gente por ali, ainda existem algumas vagas disponíveis. Podemos estar a caminho de uma festa com pessoas ricas, mas somos do proletariado. Rubens mostra nossos convites ao segurança no térreo e ele nos indica que elevador nós devemos usar. Ao que parece, é exclusivo e só para no andar da festa. Os outros não param lá e eu entendo que é uma forma de barrar os penetras. Assim que chegamos, um garçom nos oferece champanhe. Pego, mas Rubens recusa já que está dirigindo. Depois da última blitz da Lei Seca em que tivemos que trocar de lugar porque ele tinha bebido, ele se controla. Disse a ele que deveríamos pegar um Uber

Cuida do meu coração

para cá, assim ele poderia aproveitar, mas ele reclamou que pagaríamos uma fortuna por um carro na noite de Ano Novo. Eu entendia o ponto, mas não me importava em pagar nesse caso. Como ele insistiu, deixei que ele fizesse o que queria.

Quando a gente vai morar junto, acaba aprendendo que, muitas vezes, é melhor deixar para lá do que discutir. Rugas e marcas de expressão podem ser cruéis.

Logo avisto Paula em um dos cantos, conversando com algumas pessoas, sentada em um sofá. Rubens e eu vamos até ela, que para de conversar logo que me vê.

— Você viu a cabine de fotos lá fora? A gente precisa ir depois — comenta após um tempo jogando conversa fora.

— A gente pode ir lá agora?

— Claro! Quando quiser — ela responde, animada.

— Estou convidado também, damas? — Rubens questiona.

— Deixa de bobeira, criatura, vamos logo — Paula diz, puxando nós dois.

Tiramos diversas fotos, conversamos, dançamos e bebemos. Mal percebo quando a meia noite chega, mas alguém anuncia no microfone e diz para nos aproximarmos das janelas para ver os fogos. Eu e Rubens ficamos do lado de dentro, porque não gostamos muito de assistir. O tanto que a Mel sofre com eles nos deixa apreensivos. Por mim, não haveria nada. No máximo aqueles sem som. Fico pensando na minha cachorra sozinha no apartamento e me arrependo de ter vindo me divertir sem ela.

— Ah, amor! — Ele suspira. — Você não sabe quão feliz me faz por estar comigo em mais uma virada de ano. — Deixa um selinho em meus lábios.

— Você também, amor. — Entrelaço seu pescoço com meus braços. — Obrigada por ter me dado um 2017 incrível.

— E 2018 vai ser ainda mais!

A contagem regressiva se encerra e os fogos começam. Dizemos "Feliz 2018 comigo" um para o outro, uma tradição nossa desde que nos conhecemos, e nos beijamos. Saber que Rubens era o primeiro rosto que eu via e a primeira boca que eu beijava em um ano era meu presságio de que tudo daria certo.

Em seguida, cumprimentamos as outras pessoas da festa, que nos desejam coisas boas. Ficamos conversando, bebendo e dançando. A festa realmente estava boa, as pessoas animadas. Paula está feliz como há muito tempo eu não via.

Digo a Rubens que preciso ir ao banheiro e ele me segue. Diz que vai esperar por mim ali por perto, algo que fazemos sempre que vamos para baladas. Era uma festa apenas para convidados, mas gosto que ele se preocupe comigo dessa forma. Mostra que se importa. Quando saio, não o vejo no corredor onde o deixei. Procuro por ele, mas não o encontro. Há uma porta aberta para uma saída lateral e imagino que ele possa ter ido para lá. Escuto a voz de uma garota e paro.

— Você acha que eu mentiria sobre algo tão sério, Rubens? — ela reclama, parecendo alterada.

O nome do meu noivo me faz permanecer ouvindo a conversa. O som da festa é alto, então não consigo captar todas as nuances da sua voz, mas a mulher soa alterada. É claro que poderia ser com outro Rubens, mas resolvo ficar para ter certeza.

— Por que você diria isso logo hoje? — É a voz de Rubens, o que apenas confirma minhas suspeitas.

— Porque é a primeira vez que eu vejo você desde que aconteceu tudo entre a gente.

— Porra! — ele xinga e parece alterado também.

— O que? — Há outra pausa e fico nervosa por imaginar a cena, a troca de olhares, o conteúdo da conversa. — Não estou te pedindo nenhuma esmola, Rubens. Vou ser mãe dessa criança. Se você não quiser ser o pai, o problema é seu. Não preciso de você, estou sendo cortês em te dizer que o mundo vai ter alguém com seus genes.

É o que?!

Sinto todo o meu corpo congelar no lugar. Pasma, as lágrimas brotam imediatamente e apuro minha audição para não perder nada.

— Como eu posso ter certeza de que é meu, caralho? — Há uma nota de desespero no tom de voz do meu noivo. Desespero que começa a invadir.

— Porque a gente transou sem camisinha durante um fim de se-

Cuida do meu coração　　　　　　　　　　　　　9

mana inteiro. Na cama, na cozinha, na sala, na banheira. Na porra do quarto inteiro. Porque eu te avisei que tinha tomado a última dose de antibióticos no dia anterior, mas você concordou que isso não seria um problema. Foi o suficiente para clarear a sua memória? Respondi a sua pergunta?

Depois das revelações, da descrição dos lugares onde o ato aconteceu e de perceber que houve clareza suficiente para debater antibióticos antes da relação sexual, não consigo me conter.

Empurro a porta de supetão e encaro os dois. Rubens olha para mim imediatamente, os olhos arregalados. É uma varanda pequena e sinto uma vontade enorme de empurrá-lo do parapeito para que caia até lá embaixo.

— Filho da puta!

O xingamento vem do fundo da minha alma. Rubens me olha assustado, mas não permito que fale comigo. Bato a porta na sua cara. Só então percebo que é daquelas que só abrem por um lado e que eles provavelmente vão ficar presos do lado de fora até alguém abrir.

Não me importo nem um pouco. A multidão começa a me deixar nervosa, um sentimento que nunca tive antes. Vejo as pessoas passarem por mim como um borrão, as coisas giram. Sinto meu ar faltar e giro o olhar pelo salão procurando a saída mais próxima. Ainda nervosa, começo a andar na direção que imagino ser a dos elevadores. Acaba não sendo, mas encontro outra porta. Abro-a e o ar natural me atinge com força. Choro, um choro que chacoalha todo o meu corpo.

Rubens. Rubens me traiu. Vai ser pai do filho de outra mulher.

Puta que pariu, Rubens!

Primeiro Capítulo

Davi

— Yay! Até que enfim você parou de me ignorar, Davizinho! — Era Thainá ao telefone.

— Não estava ignorando, desculpa. Eu não ouvi o telefone tocar.

— É, conta uma novidade — soava irritada, mas eu sabia que não estava de verdade. — Você nunca escuta esse telefone.

— Deveria pedir desculpas? — questiono, segurando o riso.

— Deveria sim, mas não precisa, porque você virá à festa hoje e será sua forma de se redimir por ter ignorado sua cantora favorita por tanto tempo.

Eu comecei a rir, porque era ótimo ver o lado divertido da Thainá voltar à tona. Ela é um quinto das Lolas, a maior *girlband* do Brasil atualmente, uma das mais famosas no mundo inteiro. O que essas meninas estão fazendo nas paradas do mundo todo não é brincadeira. Elas são as rainhas do *streaming*.

Eu sou o produtor orgulhoso de quatro singles número um delas, sem contar os que não conseguiram tal feito. Entre eles, o primeiro a chegar ao topo da parada americana. Isso tinha feito muito bem à minha conta bancária e também ao meu prestígio. A quantidade de artistas brasileiros, e até internacionais, que tem me procurado depois disso é assustadora. 2018 será um ano lotado de trabalho graças às Lolas. Uma revista especializada até me chamou de *hitmaker*, em parte pelo fato de eu ter mais três músicas no TOP 50 mundial hoje, além do número um delas.

Elas usavam toda a minha gratidão para conseguir as coisas de mim. Por exemplo, no momento, eu deveria estar me arrumando para a festa de fim de ano que elas estão promovendo em um hotel luxuoso em frente à praia da Barra. Haveria queima de fogos, música boa a noite inteira, comida e bebida. Haveria meu irmão e a família dele, que acabam por ser a minha família também, mas as noites do dia 31 de dezembro não são as mesmas para mim há algum tempo. Nem todo mundo sabe disso e eu também não gosto de tocar no assunto, mas sempre que eu puder ficar sentado na minha casa com o Dog, eu prefiro.

Dog é meu cachorro, um pug obeso que eu crio há dois anos, pelo menos. O nome é idiota, mas acontece com todo mundo. Aprendam a lidar.

— Não, você não vai furar comigo, Davi. Você vai sim!

— Thai, desculpa...

— Desculpa nada. O Dan vai, você tem que ir também. — Dan é meu irmão. Ele é advogado das Lolas. — Nada de ficar emburrado nesse sofá. — Ela tenta adivinhar.

— Não estou emburrado e não estou no sofá.

— O problema é seu, você entendeu o meu ponto. Nada de ficar enfurnado dentro de casa. Eu vou ter que jogar sujo para te trazer aqui?

— Tente o seu melhor — desafio.

— Ah, eu só queria te lembrar de quão difícil esse ano foi para mim, com o Matheus e tudo mais. Eu só queria que no último dia do ano eu pudesse reunir as pessoas mais importantes da minha vida, que foram responsáveis pelos momentos de felicidade que eu vivi em 2017. Você sabe que foi uma dessas pessoas, não só pelos *hits*, mas pela amizade e parceria. — Ela suspira dramaticamente. — Mas tudo bem, eu entendo que não fui tão importante para você como você foi para mim esse ano.

Porra, jogo sujo mesmo. Thainá foi uma guerreira. No final de 2017, todos nós descobrimos que o ex-namorado dela é um babaca completo. O cara a violentava e batia, mas era um excelente mentiroso e nenhum de nós sequer desconfiou. Eu fiquei chateado por um tempo, pensando que poderia ter percebido se tivesse prestado mais atenção. Depois de conviver por tanto tempo com alguém que tinha passado por situações de violência e escondido de todo mundo, eu achei que seria capaz de perceber caso acontecesse com outra pessoa próxima. Era importante estar sempre atento, principalmente porque eu entendia que os efeitos eram mais graves do que pensávamos. Thainá tinha uma boa rede de apoio, com a mãe, as amigas e a equipe, mas eu sabia que a maior luta que ela teria que enfrentar era contra ela mesma. Eu tinha visto isso de perto, tinha acompanhado toda essa dor. Tinha vivido tudo isso através de outra pessoa. Eu entendia a importância de celebrar cada momento de felicidade.

— Você não pega leve mesmo, Thainá — respondi.

— Se for para pegar leve, eu nem saio de casa, amor — diz e eu posso sentir o sorriso na sua voz. — Estou indo para lá agora. Quero te ver na festa em uma hora.

Olhei para mim mesmo no espelho quando desliguei. A barba estava grande, desalinhada. O cabelo uma bagunça completa. Vestia a mesma camisa dos Vingadores que tinha usado para dormir nas três últimas noites.

Olhei a vasilha do Dog e vi que estava tudo vazio. Coloquei ração e água suficientes para um pug obeso de dois anos e fui ficar minimamente apresentável. Tomei um banho, aparei a barba, arrumei o cabelo. Peguei a camisa azul que Daniel tinha me dado no Natal, com pequenos desenhos do escudo do Capitão América em vermelho. Vesti jeans, tênis. Ia pegar uma jaqueta, mas o calor no Rio de Janeiro estava tão absurdo que desisti. Desci o elevador do prédio enquanto colocava o fone de ouvido por dentro da camisa. Já tinha perdido um milhão deles dentro do bolso, agora usava assim. Não importava se estivesse desligado, ele sempre ia pendurado na camisa. Peguei o presente que tinha comprado para Paula e Raissa, que eu não vi no Natal porque viajaram para ver a família, e coloquei dentro do carro. Não precisei colocar o endereço no GPS, porque sabia o caminho, mas verifiquei o número e o nome do hotel. A Avenida Lúcio Costa, na Praia da Barra, era grande e tinha muitos deles.

Levei um pouco mais de uma hora para chegar, mas não era minha culpa. A quantidade de sinais e radares dessa cidade é impressionante, o que acaba dificultando a chegada em qualquer lugar, mesmo que não haja engarrafamento a essa hora da noite. Deixei a chave do carro com o manobrista e entrei no hotel. Ele ficava no Posto 6, o que eu vinha com mais frequência. Mal cheguei à recepção e um funcionário perguntou se eu

Cuida do meu coração 13

estava ali para a festa de fim de ano das Lolas. Entreguei meu convite para ele e subi de elevador até a cobertura, como tinha sido indicado. 18 andares.

Eu não diria que tenho medo de altura, mas odeio prédios muito altos. Minha mente começa a viajar na possibilidade de algo acontecer. Imagina o elevador parar de funcionar e você ter que subir 18 andares? Ou pior, imagina tudo isso desabar em cima de você? Minha mente tem essa facilidade de criar situações bobas e drásticas.

Foi baseado nisso que eu escolhi o lugar onde iria morar e trabalhar. O estúdio de gravação, que fica em Botafogo, tem seis andares, eu fico no terceiro. Meu apartamento é no segundo andar de quatro de um prédio em Ipanema. A meta da minha vida é, quando construir minha família, morar em uma casa e esquecer essa vidinha de apartamento. Não sou obrigado a passar por perrengues desnecessários.

Quando o elevador se abriu, fui impactado por Lolas de papelão em tamanho real. Era engraçado e eu tirei o celular do bolso para fotografar. As cinco estavam de branco e carregavam uma placa em que estava escrito "Feliz 2018". Postei nos *stories*, marcando o Instagram da banda. Havia duas portas enormes ao lado das "Lolas", que levavam ao grande salão; no outro canto, uma cabine fotográfica onde alguns convidados se divertiam. A decoração da festa era toda branca, como mandava a tradição. Era por volta de dez da noite, mas boa parte dos convidados já havia chegado.

Procurei por uma das meninas ou meu irmão, mas não achei ninguém. Até que senti o impacto de alguém pulando nas minhas costas.

— Não acredito! — gritou Raissa, praticamente no meu ouvido. Rindo, tirei-a de cima de mim e me virei. — Thainá disse que conseguiria e você está aqui.

— Ela é muito boa em convencer as pessoas.

Raissa estava muito bonita. Usava uma daquelas camisas que deixam uma faixa da barriga de fora com uma calça que ia até o umbigo. Gostaria de saber o nome dessas coisas, mas não sei. Eram de um tecido bonito, tanto a camisa quanto a calça. As alças eram cintilantes e faziam um X no busto. A calça era de um material elegante, mas leve. O sorriso era enorme, ela brilhava. Se Igor não fosse tão apaixonado por ela e ela não tivesse tanta cara de bebê, eu já a teria convidado para sair. A verdade é que eu ficaria com qualquer uma das Lolas, a primeira que me desse mole, porque todas são deslumbrantes da sua própria maneira, mas o lado profissional sempre me faz dar dois passos atrás.

— Eu a respeito muito por isso — continuou e eu foquei no seu rosto novamente. — Hoje, em especial, ela merece um beijo por ter tirado sua bunda de casa. — Então ela me puxou novamente para um abraço.

— Ainda bem que ela tirou minha bunda de casa, porque seria horrível vir para sua festa sem bunda.

Não sei por quê, mas ela achou engraçado e gargalhou. Às vezes, eu faço umas piadas ridículas e me pergunto se as pessoas riem porque acharam engraçadas ou por pena por eu ser tão tolo em algumas situações.

— Realmente, seria uma grande perda não poder encarar sua bunda a noite inteira.

Sinto meu rosto esquentar imediatamente e coço a barba. Droga, como essa mulherada consegue me deixar tímido toda vez que fala da minha bunda?

— Trouxe para você, já que não a encontrei antes. Feliz Natal! — Entreguei uma das sacolas que carregava.

— Ah, você me deu um presente! — Ela voou para a sacola e saiu abrindo. Eu ia dizer que ela não precisava fazer isso naquele momento, mas ela foi mais rápida. Quando vi, já estava com o conteúdo da caixinha à mostra. — Ah, que graça!

Era um cordão escrito "GRLPWR". Eu tinha comprado a mesma coisa para as cinco, porque ultimamente elas eram a definição de poder feminino para mim. Mulheres que são donas do seu corpo, coração e conta bancária. Que quando querem alguma coisa, vão atrás e não esperam por ninguém para conseguir sua felicidade.

— Eu comprei o mesmo para as outras meninas, porque quando eu penso em *girl power*, hoje, vocês vêm à minha mente. Não foi falta de criatividade, juro.

— Foda-se se os presentes são iguais. — Raissa me direciona um sorriso enorme. — Obrigada, Davi. Pelo gesto e pelas palavras. — Ela guardou a caixinha na bolsa e me abraçou novamente. — O outro é da Paula? — perguntou, apontando a outra sacola na minha mão.

— Isso. Você sabe onde ela está?

Cuida do meu coração   15

— Hm, ela estava nos sofás com as outras. Eu vou até lá com você.

Realmente, todas as Lolas estavam reunidas no sofá. Outras pessoas estavam por ali e eu acabei ficando de pé por perto. Paula também tinha amado o cordão e as cinco combinaram de usar no próximo videoclipe. Fiquei ali conversando, até sentir um corpo se chocar contra a minha perna e braços me envolverem. Olhei para baixo, encarando o amor da minha vida.

— Se não é a minha sobrinha favorita! — disse, puxando-a para o meu colo. Enchi-a de beijinhos e ela começou a reclamar — Tio Davi! Faz cosquinha!

Tanto Daniel quanto eu somos homens barbudos. Gostamos das nossas barbas longas e as cultivamos. Meu irmão tinha dado a sorte de encontrar uma mulher que amava barba, então foi ainda mais fácil para ele. Minha sobrinha, por outro lado, odiava. Sempre reclama que minha barba e a do pai pinicam, incomodam, etc. Isso é motivo para implicarmos ainda mais com ela.

— Cosquinha? Você vai ver o que é cosquinha, garota!

Começo a fazer cócegas na sua barriga e no seu braço e ela se contorce tanto no meu colo que sou obrigado a deixá-la descer. Estamos os dois rindo quando a minha cunhada e meu irmão chegam.

— Papai, tio Davi quer me matar — diz a pimenta, escondendo-se atrás da perna dele.

— Ei, irmão. — Ele estende o braço para me cumprimentar e nos abraçamos. — Bom te ver aqui.

— Como dizer não à uma Lola?

Ele riu, porque realmente era difícil, então fui cumprimentar minha cunhada. Giovanna é a maior guerreira do mundo, porque tinha a paciência de aturar meu irmão.

— Ei, querido. Que bom que você veio.

— Bom ver vocês, cunha. Vai deixar a festa mais divertida.

— Certamente vai. Quem você acha que vai cuidar da Duda enquanto eu e seu irmão namoramos um pouquinho?

Essa era minha cunhada, Gi. Maria Eduarda, minha sobrinha, tem oito anos, mas até hoje meu irmão e minha cunhada não aprenderam a balancear as coisas e contratar uma empregada. Os dois são advogados, têm seu próprio escritório jurídico, estão trabalhando para as Lolas durante esse processo todo e fazendo uma grana. Como não podem contratar uma babá para terem uma noite de casal é algo que não entra na minha cabeça.

Mas eu não reclamo de verdade. Amo ficar com a minha sobrinha, e, apesar de resmungar todas as vezes pela exploração, ela é uma das minhas maiores alegrias.

— Vem. — Abaixo-me, abrindo os braços. — O tio promete que não vai mais fazer cosquinha.

Ela faz o que eu peço e, imediatamente, a abraço, colocando-a no meu colo. Está vestida como uma princesa da Disney e acho que Giovanna a vestiu como tal. Usa um vestido branco de princesa, uma tiara na cabeça. Os cabelos têm cachos grossos, castanhos escuros. São longos, até a metade das costas.

— Tio, a gente pode dançar uma música de princesa? — Seus olhos brilham e eu fico triste de não poder retribuir.

— Eu não sei se eles vão tocar música de princesa hoje.

— Tudo bem — responde, um pouco emburrada. — A gente pode dançar uma música, então? — Os olhos estão esperançosos novamente.

— Claro. Assim que tocar uma música apropriada, nós vamos dançar.

— O que é "apopriada"? — pergunta, de imediato, mostrando que ainda é uma criança formando vocabulário, mesmo que o tio às vezes esqueça.

— Uma música que combine com a situação.

— Ah, tá bom, tio.

Três músicas depois, Perfect do Ed Sheeran começa a tocar. Enjoei um pouco dela, com toda essa história de versão com Beyoncé e Andrea Bocelli, mas é perfeita — e aqui peço desculpas pelo trocadilho — para dançar com Duda.

Levo-a até o centro da pista de dança e faço uma grande reverência. Ela segura os lados do vestido e se abaixa, cumprimentando-me também. Coloco-a em cima dos meus pés e seguro-a na posição para dançarmos. Ela adora nos primeiros trinta segundos, mas começa a enjoar de só se balançar, então eu a rodopio e a pego no colo, erguendo-a no alto. É divertido ver sua reação, os gritinhos histéricos e a gargalhada. Quando a música acaba, fazemos outra reverência um de frente para o

Cuida do meu coração

outro e ouço as palmas das pessoas que estão por perto. Pego sua mão e nos viro para essas pessoas, fazendo mesuras como agradecimento. Todos se derretem com a menina mais fofa de toda a festa e o tio babão.

Volto para o nosso círculo e Paula vem imediatamente na minha direção.

— Meu Deus do céu, quando eu digo que você é um homão da porra, você reclama.

— Olha a boca perto da criança — recrimino.

— Desculpa, Dudinha — pede, abaixando-se na altura da minha sobrinha. — É que seu tio é e sempre vai ser meu *crush* supremo.

Nós nos sentamos em um dos sofás vazios. Duda no meu colo, Paula ao meu lado.

— O que é um *crush* supremo? — ela pergunta e eu já começo a rir pelo que terá que explicar.

— Pelo menos ela não pediu para explicar o que é homão da porra — sussurro para Paula.

— *Crush* supremo é o cara que você mais quer namorar nesse mundo — diz, como se isso bastasse. Ela não sabe que Duda nunca se dá por vencida.

— Se o tio Davi é o cara que você mais quer namorar nesse mundo, por que vocês não namoram? — responde, na lata, sem dar tempo para sequer respirar.

— Seu tio não quer nada comigo, Duda — fala em tom de brincadeira e eu sei que é para me jogar no fogo cruzado.

— Tio, por que você não quer nada com a tia Paula?

Falei. Tinha que sobrar para mim.

— Tia Paula não gosta de super-heróis, Dudinha.

Um som de espanto sai da minha sobrinha e ela leva as duas mãos à boca, os olhos arregalados. Super-heróis e princesas da Disney são as coisas favoritas de Maria Eduarda. Influência minha e da minha cunhada, é claro. Meu irmão era mais do tipo futebol e vôlei.

— Tia Paula, que vergonha! Como pode? Assim eles não vão salvar você quando o mundo estiver em perigo!

— Mas não existem super-heróis, Duda. As pessoas não têm super poderes.

— Ai, tia! — reclamou, rolando os olhos, chateadíssima. — Não existem só super-heróis com super poderes! Sabe qual é o super poder do Batman?

Ah, essa era boa. Minha sobrinha decorava as frases de boa parte dos filmes e adora utilizá-las nas conversas.

— Qual? — Paula inocentemente caiu na pegadinha dela.

— Ele é rico! — disse enérgica.

Essa era a resposta que o Bruce Wayne dava ao Flash quando o recrutava para a Liga da Justiça no último filme. Era uma piada só nossa, já que boa parte das pessoas que não era fã dessas coisas como nós não entendia.

Paula não tem a chance de responder minha sobrinha porque uma amiga dela chega na hora com um cara. Fico olhando as duas lado a lado, impressionado com a beleza de ambas. É incrível como essas meninas conseguem reunir tanta mulher bonita de uma vez e fazer amizade. Eu já tinha me perguntado se isso se devia ao efeito *cheerleader* que Barney de How I Met Your Mother defende, mas já tinha analisado cada Lola individualmente e cheguei à conclusão de que não, elas são deslumbrantes mesmo.

Ah, efeito *cheerleader*, para quem não viu a série, é uma teoria que, em um grupo de pessoas, todo mundo acaba ficando mais bonito do que é por estarem junto. Separadas, não são tão maravilhosas assim. Como eu disse, discordo da teoria.

Continuo olhando para as duas enquanto conversam, distraído. A garota tem o cabelo castanho bem comprido e ele está perfeitamente esticado. Fico pensando em quantas horas demora para pentear um cabelo desses. Já tive que pentear o de Duda, o que levou um bom tempo, e ela reclamou bastante, porque aparentemente eu estava puxando com muita força. O dela é ainda maior. Depois de uns minutos, volto a ignorá-los, dando atenção a algo que minha pequena fala.

Outras crianças chegam à festa e minha sobrinha me pede para brincar, então eu a sigo. São seis e eu fico atrás dela feito bobo, tirando foto e ajudando no que eu posso. Mal percebo o tempo passar e alguém anuncia no microfone que a meia noite se aproxima. Pego Duda pela mão e vamos procurar meu irmão. Um dos lados do salão, o que é voltado para a praia, é aberto para uma varanda. Vou até lá com as outras pessoas e

Cuida do meu coração

assistimos aos fogos. Arrependo-me de ter deixado Dog sozinho, porque esses fogos definitivamente vão irritá-lo.

Quando a contagem acaba e os fogos estouram, beijo a bochecha de Duda e faço um pedido para que 2018 não seja o ano em que meu irmão vai se cansar de mim. Ele e suas garotas são a única família que eu tenho agora e eu sou muito grato por isso. Meu segundo pedido é mais pessoal, para que este ano eu possa adicionar mais gente à minha família. Em seguida, viro-me para Dan e desejo coisas boas para ele e minha cunhada. Outras pessoas vêm me cumprimentar e eu repito os mesmos votos. Muitos não conheço, mas é aquele sentimento bom da virada do ano que está nos atingindo.

De casa, geralmente eu consigo ver os fogos de Copacabana, mas não costumo fazer isso. Fico no sofá com Dog, tentando acalmá-lo. Coloco a TV alta o suficiente para abafar um pouco do barulho de fora e tentar distraí-lo. Mentalmente, peço desculpas ao meu cão por tê-lo deixado sozinho dessa vez.

Voltamos para o lado de dentro quando os fogos estouram e eu pego uma bebida. Há uma geladeira cheia de Guaraná Friburgo, o meu refrigerante favorito, o que me deixa sorrindo. Enquanto todo mundo prefere o Antártica, eu sou viciado nele e é bom ver que as Lolas têm bom gosto também, já que não é muito conhecido. Sento com uma garrafa de vidro ao lado do meu irmão e sinto a respiração da Duda começar a se acalmar. Não tinha percebido, mas a criança estava com sono.

— Mano, olha — chamo a atenção dele, que está falando algo com a esposa. — Duda dormiu.

Ele respira fundo e se levanta.

— É nossa hora de virar abóbora, amor. — Estende a mão para ela, que se levanta. Então pega a filha no colo e fazemos esforço para não acordá-la. — Irmão, obrigado por vir e por ser babá por um dia. — Ele me puxa para um abraço. — Eu te amo, cara.

— Também te amo, mano.

Despeço-me da minha cunhada e os dois vão embora. Sento-me no sofá bebendo meu refrigerante e olhando para as pessoas ao meu redor. Essas festas de famosos são engraçadas. Enquanto alguns são como as Lolas, extremamente pé no chão, encontramos uns e outros esnobes, que agem como se tivessem o rei na barriga. Começo a ficar entediado e me levanto, pronto para ir embora. Thainá vem na minha direção, sorrindo.

— Nananinanão. Eu sabia! Sabia que você ia só esperar o Dan sair para ir embora também.

Ela parece realmente mais leve sem Matheus ao lado. Cortou os cabelos na altura dos ombros, hoje eles estão enrolados em cachos. Vestiu uma saia branca curtinha e uma blusa rosa com um monte de brilho que eu não entendo, mas que vi muita gente usar. Estava bonita, mas o sorriso enorme era o que mais se destacava. Era bom saber que esse era um sorriso real.

— Eu estou um pouco cansado, Thai. Vou voltar para dormir e ver o Dog e…

— Vai nada. Você está fugindo, porque não quer conversar com as pessoas. Fez isso a noite toda ficando com Duda no colo. Você não me engana.

— Não foi nada disso! — defendo-me. — Eu só estava aproveitando a minha sobrinha.

— Você não me engana, Davi. Tem a Duda para aproveitar o ano inteiro. Vem, eu vou te apresentar a uma pessoa. — Pegou na minha mão e eu me rendi. Adianta argumentar com essa mulher? — Tiago — chamou e o garoto largou a bebida no balcão para olhá-la. — Deixa eu te apresentar ao Davi. Ele é nosso produtor favorito.

O cara sorriu e me estendeu a mão. Apertei-a.

— Fala, cara.

— Davi, esse é meu futuro namorado.

Nós dois rimos. Essas Lolas são assim mesmo.

— Futuro namorado? — perguntei, tentando entender.

— Isso. Ele gosta de mim, eu gosto dele, mas ainda não estou pronta para namorar, então não estamos namorando.

— Mas isso não significa que eu vou deixar de tentar, entende? — complementou ele.

Identifico-me imediatamente, porque eu teria a mesma atitude se estivesse passando por essa situação. Lembro que Tiago foi o responsável por salvar a vida de Thainá na noite em que tudo deu errado.

— Hoje é nosso primeiro encontro oficial e nós nos beijamos à

Cuida do meu coração

meia noite. Acho que é um bom presságio para 2018, não é?

Eu comecei a rir, porque mulheres têm cada ideia.

— Um ótimo presságio, Thai — comentei.

— Isso, cara. Aprendi que a gente só olha e concorda.

Tiago era um cara legal. Trabalha com marketing em uma grande empresa. Conversei com ele sobre o meu estúdio, sobre o fato de não entender como o marketing podia se encaixar lá. A verdade é que a minha é uma profissão que se vende com o boca a boca. Um artista fala para o outro, eles acabam querendo trabalhar comigo. Minha equipe é pequena e eu só tenho uma sala de gravação, mas nesse ano de 2018... Sei lá, sinto que vou precisar aumentar o negócio. Contratar gente, montar uma sala com ilhas de edição. Costumo pegar cinco CD's por ano para produzir, além de faixas avulsas, mas 2018 nem começou e já tenho seis artistas quase fechados para o álbum inteiro. Vai ser um ano louco e Tiago acabou me mostrando como eu poderia maximizar isso tudo usando coisas simples de marketing, fazer o cliente querer falar sobre mim para os outros e tudo. Quase o chamei para trabalhar comigo, mas ele pareceu muito feliz no emprego para que eu o tirasse de lá.

Depois de Thainá e Tiago, foi a vez de Ester. Ela já estava um pouco bêbada, mas era totalmente compreensível, devido à quantidade de álcool rodando no ambiente. Levou-me para o seu grupo de amigas e eu fiquei lá por um tempo, mas as garotas estavam meio bêbadas também e começaram a falar coisas que me deixaram embaraçado, então eu dei a desculpa de que iria ao banheiro e não voltei. Peguei outro refrigerante na geladeira, puxei um cigarro do bolso e fui sentar na área de fumantes. Estava totalmente vazio por lá, mas eu sentei no canto do sofá olhando a vista. A área era nas costas do hotel, então eu só conseguia ver as luzes da cidade e não a praia. Mesmo assim, era surpreendentemente bonito. Toda a vida que ela emanava. Coloquei meu fone de ouvido e mandei a *playlist* para o modo aleatório. Caiu em uma canção em alemão, Kontrollieren, do RAF Camora. Deixei o ritmo me invadir, o sentimento. Essa música me lembrava dos filmes de Velozes e Furiosos.

Como produtor, gosto de saber o que as pessoas estão ouvindo ao redor do mundo. Então, costumo atualizar semanalmente a minha *playlist* com as três músicas mais tocadas em cada país no Spotify. É incrível, porque acabo conhecendo ritmos e idiomas completamente diferentes.

Esqueci-me do mundo, das pessoas, da festa. Concentrei-me apenas na música e na vista. Senti-me abençoado. 2018 tinha começado bem, afinal.

Carol Dias

Segundo Capítulo

Davi

  Alguém interrompe minha apreciação da paisagem. A porta ao meu lado se abre, bate com força. A pessoa fica perto do parapeito, chorando muito. É uma garota e eu me lembro de tê-la visto antes, mas acho que foi só aqui na festa mesmo. Está de costas, escondendo o rosto e eu tento me recordar pelas roupas. Um vestido longo branco, um tecido leve e meio transparente (mas havia um forro, então relaxem). Era bonito, moldava seu corpo perfeitamente. Não conseguia lembrar exatamente quem era, mas quando o cabelo longo cai no rosto e ela tira da frente, a memória vem. É a amiga da Paula, a que tinha o cabelo grande e trabalhoso para pentear.

  Levanto-me e jogo o cigarro no chão. Piso nele para que apague mais rápido. Tiro os fones de ouvido e caminho até parar ao seu lado.

  — Ei — chamo sua atenção, sem querer assustá-la. Mesmo assim, ela me olha como se não esperasse haver outra pessoa ali. — Tudo bem?

  Que pergunta idiota, Davi.

  — Na verdade não. — Ela enxuga as lágrimas e do nada começa a rir. — Puta que pariu, eu odeio chorar.

  — Às vezes faz bem, ajuda o luto a passar mais rápido.

  — É o primeiro dia do ano e eu já estou chorando, pelo amor de Deus! — Não comento nada, porque já virei o ano chorando, então não estou no direito de falar muito. — Tudo bem se eu me esconder aqui por um tempo?

Dou de ombros. É um espaço público, afinal.

— Você quer que eu saia? Tem alguma coisa que eu possa fazer por você? Ela balança a cabeça em negativa.

— Não. — Respira fundo e se senta no sofá onde eu estava. — Na verdade, se você puder fazer alguma coisa para me distrair, eu vou adorar.

Penso a respeito por dois segundos antes de responder. Gostaria de chamar Paula para resolver isso, porque não sou a pessoa mais indicada para lidar com pessoas chorando, mas não sei se ela é a culpada pelas lágrimas.

— Tudo bem, posso te distrair um pouco — respondo simplesmente e sento-me de volta.

— O que você estava ouvindo? — pergunta apontando para o fone que cai da minha blusa.

Tiro-os da camisa e estico um dos lados na direção dela. Ela coloca no lugar, e, enquanto isso, vou explicando.

— Hmm, deixe-me dizer algo antes. Eu sou produtor musical, por isso, gosto de estar sempre atento ao que está acontecendo ao redor do mundo. O que as pessoas estão ouvindo, que ritmos estão ganhando destaque. Toda semana eu atualizo a minha *playlist* com as músicas mais ouvidas em todo o mundo. — Mostro a ela e aperto *play* onde parei. É uma música em italiano. — Se eu estiver sendo chato, o assunto ficar massivo ou eu estiver falando demais sobre questões técnicas que você não entende, me avise, por favor.

— Pode deixar, eu faço questão de reclamar. — Ela deixou o sapato no chão e puxou as duas pernas para cima do banco, ficando mais confortável.

— Essa daqui é número um na República Dominicana. La Modelo, de um artista chamado Ozuna com a Cardi B. Pode ser que você tenha ouvido algo dela.

— Só conheço o nome.

— Ele, na verdade, é porto-riquenho, mas seu pai é dominicano, então o povo de lá o conhece. Ozuna diz que essa música é de um ritmo chamado *Dancehall* jamaicano, mas tem tanta influência do *reggaeton* que o público de forma geral chama assim.

26

— É engraçado ver como o *reggaeton* está dominando o mundo, né?

— Ah, sim. Todos os ritmos estão sendo influenciados por ele. Foi ótimo para as Lolas, porque o fato de as pessoas ao redor do mundo começarem a ouvir música em espanhol abriu os ouvidos deles para outros idiomas.

— Isso é verdade.

A nossa conversa fluiu. Ela era muito inteligente e divertida. A única coisa que me deixava nervoso — e que me fez gaguejar algumas vezes — foi a sua proximidade. Quer dizer, lembro-me de ela ter vindo com um cara e de eles parecerem ter um relacionamento. A única coisa que poderia me fazer não ter peso na consciência por estar tão próximo da garota dele seria ele ser um babaca, mas isso não posso garantir.

Porque, puta que pariu, ela era uma gata. Tinha o cabelo longo castanho claro e a pele levemente bronzeada. Um sorriso bonito. Eu estava fazendo um esforço enorme para não deixar meus olhos descerem do seu pescoço para admirar seu corpo, por que que tipo de homem eu seria se não respeitasse a mulher de outro cara? E, cá entre nós, eu não tenho condições de ficar admirando uma mulher comprometida. Eu tenho esse pequeno problema de me prender a alguém com facilidade. Não vou ficar me derretendo por mulher alheia só para ela subir no altar e eu ficar com cara de babaca.

— O que será que é número um na Nova Zelândia agora? — Curiosidade estava estampada por todo o seu semblante.

— Espera, eu vou dar uma olhada. — Fui nas *playlists* do Spotify e encontrei o TOP 50 do país. — I Fall Apart, do Post Malone — disse, enquanto colocava para tocar.

— Ih, achei que esse cara só tinha aquela, rockstar o nome, eu acho.

— A maioria das pessoas só conhece essa mesmo, mas parece que na Nova Zelândia não.

— Pula essa, não gostei.

Atendendo ao pedido, voltei para a *playlist* de antes. Continuamos conversando, falando basicamente sobre música. Do nada, ela me parou.

— Olha, você vai provavelmente me odiar, mas eu preciso ser sincera. — A danada mordia o lábio, mostrando que estava nervosa.

Lembra o que eu disse sobre não ficar me derretendo por uma mu-

Cuida do meu coração

27

lher? Porra, estava difícil.

— É bem difícil eu odiar as pessoas, mas você pode tentar.

— Eu não me lembro do seu nome. Conversamos esse tempo todo e eu estou aqui quebrando a cabeça tentando descobrir.

Começo a rir e vejo um filete de sangue escorrer pelo seu lábio. Será que ela ficou realmente nervosa com isso?

— Ei, vai com calma. — Puxo seu queixo, para que ela pare de morder. Tiro a mão com pressa, afinal, se ela tiver mesmo um namorado, eu não vou me envolver. — Meu nome é Davi. Não precisa ficar tão nervosa, porque eu também não estou muito certo quanto ao seu. Acho que não perguntamos o nome um do outro.

— Você pode perguntar agora então.

Ela apoia um braço no encosto do sofá e segura o rosto na mão. Sorri para mim antes de dizer e eu posso ou não ter ficado hipnotizado pelo seu sorriso.

— É Luiza.

— Luiza — o nome sai com facilidade da minha boca. — Muito prazer, Luiza. — Estico a mão para ela e nós nos cumprimentamos.

— Que música é essa? — pergunta e eu volto a prestar atenção na *playlist*.

— MIC Drop, do BTS. Eles são uma banda de k-pop, uma das mais famosas ao redor do mundo. Não era primeiro lugar em nenhum país, mas coloquei na lista porque acho importante ter k-pop. É um dos gêneros em ascensão hoje, as adolescentes estão doidas.

— K-pop é música coreana? — Assenti. — Por isso que eu não entendi.

— Eles têm uma versão *remix*, com o Steve Aoki, que é um DJ, e o Desiigner, rapper. Nessa, a maior parte da música é em inglês. Mas a graça mesmo é ouvir sem entender nada do que os caras estão cantando.

Ela assente e permanece me encarando. Os olhos semicerrados, como se estivesse me estudando.

— Posso fazer outra pergunta que pode causar ódio contra mim? — Começo a rir antes mesmo de aceitar. — O que faz um produtor musical?

— Ah, não vou te odiar por isso. — Abano a mão, mostrando que isso não é realmente uma preocupação. — Basicamente, a gente produz a música. O que isso significa? Muita coisa. O produtor participa do processo de criação da faixa como um todo. Ele é meio que o responsável por gravar, mixar, transformar a ideia do artista em algo real.

— E qual é a sua parte favorita nisso tudo? — pergunta e parece genuinamente interessada.

— Quando o artista vira para mim e diz: quero gravar. Sem ter nada anteriormente pensado para nós podermos construir juntos. Se ele tiver uma melodia, uma letra, algo assim, tudo bem também. Mas eu gosto de pegar todo aquele material bruto e transformar em produto final, a música que você escuta no seu celular. O sentimento do artista que vai tocar o coração de quem estiver ouvindo.

— Isso é bonito… — Ela diz, mostrando um pequeno sorriso.

— O que exatamente? — questiono, tentando entender que parte do discurso ela gostou.

— O jeito como você fala sobre seu trabalho. Parece realmente que você ama o que faz.

— Eu amo. Melhor coisa que me aconteceu foi poder viver do que eu amo.

— Qual música das Lolas que você produziu?

— Ah, algumas. Tem a…

Perco a noção de quanto tempo passamos conversando. Nem percebo, mas Luiza vai chegando mais perto a cada risada. Gosto da sua companhia, mas não consigo relaxar de verdade pensando na possibilidade de ela ter alguém. Em dado momento, ela deixa uma das mãos cair displicentemente na minha coxa e eu paro de tentar ignorar o fato de ela estar claramente interessada em mim. A verdade é que preciso saber se ela está mesmo com aquele cara antes de acontecer alguma coisa entre nós dois, então pergunto.

— Agora é meio que a minha hora de fazer uma pergunta que pode fazer você me odiar.

— Qual? — responde manhosa e leva uma das mãos ao meu cabelo, tentando em vão organizar os fios rebeldes.

— Aquele cara que chegou com você… Posso perguntar quem ele é?

Alguma coisa passa nos seus olhos por um momento. Percebo isso porque os encaro fixamente. São definitivamente lindos, mas estão manchados pelo mesmo sentimento de quando entrou aqui chorando.

— Ninguém. — Ficamos em silêncio e eu tento descobrir o que re-

Cuida do meu coração 29

almente aconteceu. — Alguém que não vale a pena estar nessa conversa.

Não era a resposta que eu esperava. Parece o que alguém que estava magoada diria. Não podemos nos esquecer do fato de que ela apareceu aqui aos prantos.

— Você tem certeza? Não é bom começar um novo ano fazendo más escolhas.

— Davi, querido… — Ela se aproxima, nossas pernas se tocando, seu rosto a um palmo de distância do meu. — 2018 é um ano de mudanças e eu estou prestes a fazer a primeira boa escolha, sabia?

— Mesmo? Qual seria?

Ela só riu e passou as duas mãos no meu pescoço, puxando na direção do dela. Era a primeira vez que nossos lábios se tocavam, mas eles pareciam velhos conhecidos. Um sentimento estranho que eu só me lembro de ter uma vez, no Réveillon de 2015 para 2016, quando uma estranha me beijou à meia noite em Nova Iorque. Todo o meu corpo se acendeu e eu agradeci a todos os responsáveis pelo universo por estarmos sozinhos naquela varanda. Puxei a garota pelas pernas e logo ela estava no meu colo. Porra, eu esperava de verdade que ela estivesse sendo sincera, porque não existia a possibilidade de me afastar se algum cara aparecesse. Minha vontade era nunca mais parar de beijar essa boca, acariciar essas coxas, apertar essa bunda. Que mulher gostosa do caralho!

— Quero fazer a segunda boa escolha do ano, Davi, será que você me acompanha? — separou nossos lábios e eu desci os lábios pelo seu pescoço. Murmurei qualquer coisa para que ela soubesse que eu estava dentro do que ela decidisse. — Quero ir para a sua casa ter a primeira foda de 2018. O que me diz?

Ah, caralho. 2018, seu maravilhoso.

Levantei-me, colocando nós dois de pé.

— Agora.

Respondi apenas isso. Ela calçou as sandálias e nós saímos da festa fugindo das pessoas. Foi fácil, principalmente porque todas as luzes tinham sido apagadas e um DJ tocava Vai Malandra da Anitta. Entramos no elevador sozinhos e ela me atacou pelos dezoito andares. Nessa hora, contrariando tudo que eu sempre acreditei, agradeci aos céus por existirem prédios altos.

Terceiro Capítulo

Davi

Quando vocês encontrarem alguém que beije bem e seja bom de cama, lembrem-se de pegar o nome completo da pessoa. Eu me esqueci disso e agora estava aqui pagando o pato. Quer dizer, tinha sido fácil encontrar Luiza no Instagram. Eu fui no da Paula e encontrei a amiga tagueada numa das fotos. O Instagram era "@oiealuiza", mas a conta era privada e eu não conseguia ver nada. Também não havia um sobrenome para que eu pudesse procurar por ela em outra rede social, o que era uma merda. E o maior problema era Paula ser tão famosa que não consegue mais ter um perfil no Facebook, apenas a página. Isso teria facilitado muito meu trabalho. Comecei a, então, as fotos que ela tirou com Paula. Lá pela vigésima, dei sorte. Em um dos comentários, Paula citava o sobrenome dela: Monteiro. Achei várias no Facebook, mas dei sorte de ela ser a quarta a aparecer. As fotos não estavam trocadas, mas me recusei a continuar procurando após ver, no lado esquerdo do perfil, o seguinte detalhe: em um noivado com Rubens. Fui no perfil do cara só para constatar que era o que tinha ido à festa com ela.

Filha da puta.

O breve resumo dos fatos é: saímos da festa, viemos para casa no meu carro, transamos mais de uma vez, apagamos. A primeira foda do ano tinha sido bem dada. Quando acordei, ela não estava mais lá. Sapatos, roupa, bolsa… Tudo tinha sumido. Ok, eu dormia feito uma pedra e esse deve ter sido o principal motivo para não ter ouvido nada, mas eu merecia pelo menos um bilhete:

> *Obrigada por ter sido o outro, mas prefiro Rubens.*
> *Tchau.*

Fecho a tampa do notebook com a determinação de encerrar a breve fase Luiza da minha vida. Foi breve, prazerosa, mas eu tenho mais o que fazer. Não fui eu quem levou um chifre, então eu não tinha nada com o que me preocupar. Pego meu celular, que esteve virado de cabeça para baixo na mesa todo esse tempo. É apenas o segundo dia do ano, mas Vanessa tinha me enchido com áudios. A história dela na música é complicada e eu prometi que esse ano faríamos grandes coisas.

Eu não a conheço a ponto de sermos amigos, mas a fama dela nos bastidores era de ser uma cantora fabricada. Que não escreve as próprias letras, que faz *playback* o tempo inteiro por não saber cantar. Um rosto bonito, mas que não tem muito talento. Ela me contou a verdade, como seus produtores e empresários a obrigaram a seguir as coisas do jeito deles desde o começo. Dessa vez, ela estava tirando dinheiro do próprio bolso para produzir algumas canções em que pudesse ser ela mesma. Eu aceitei ajudá-la, porque era isso que mais me atraía na música. Poder extrair talento de alguém e ajudar a moldar era uma das melhores partes da minha profissão.

Sou breve na mensagem para Vanessa. Digo que estou com o estúdio livre hoje, se ela quiser trabalhar no que tem. Imediatamente ela responde, querendo saber se pode ir para lá naquele momento. Peço meia hora, o que é tempo suficiente para vestir uma roupa, alimentar o Dog e chegar a Botafogo, se o metrô colaborar. Cumprimento o porteiro, que comenta o fato de eu estar trabalhando no segundo dia do ano.

— Música não tira férias, seu Otávio — respondo, enquanto espero o elevador chegar.

— Isso é coisa boa, menino. Sinal de que vai ser um ano de muito trabalho.

— Deus te ouça. — O elevador soa e eu espero as portas se abrirem. — Tem uma cantora chegando, seu Otávio. — Estendo uma das mãos, para que a porta não se feche. — Vanessa. Já veio aqui antes. Avisa que a porta vai estar destrancada?

— Eu aviso e não vou nem interfonar. Juízo.

— Pode deixar.

Entro e deixo a porta fechar. Lá em cima, só encosto a porta e começo a organizar a bagunça que deixei no dia 30. Dei férias para todo mundo que trabalha aqui comigo, inclusive a faxineira. Está um pouco bagunçado, mas todos os artistas que trabalham aqui foram avisados de que não estaríamos nas condições ideais nesse período. Se quisessem trabalhar em alguma coisa, precisavam aceitar que provavelmente teriam que fazer o próprio café e lidar com a poeira em alguns lugares.

Mas como eu disse ao seu Otávio, a música não para. Os artistas estavam sedentos pelo *hit* do verão e eu trabalhando como um louco. O que foi ótimo, porque eu tenho que confessar uma coisa: a danada não saía da minha cabeça. Acabo pensando nela em 99% do tempo, pensando nas coisas que dissemos um para o outro naquela noite. Nas nossas conversas, em como combinamos na cama e fora dela. E eu simplesmente não sei que bicho me mordeu, porque vamos combinar... A gente se conheceu por um dia! Nós nos vimos uma única vez, conversamos, transamos, ela foi embora. Como eu posso ser tão apegado assim?

Ódio.

— O que você acha dessa frase? — Vanessa perguntou e começou a cantar:

É como se rasgasse bem no fundo do meu peito
Meu coração doendo com tudo o que foi feito
Preciso ir embora, não aguento segurar
Queria voltar no tempo para não ter que te amar

Ela para de cantar e eu respiro fundo, pensando nisso. Alguma coisa não está encaixando nessa letra, mas acho que o maior problema está na melodia.

— Canta de novo. — Ela respira fundo e recomeça. — Tudo bem, seguinte. Vamos tentar assim.

Depois de mexer em mais algumas coisas, eu peço que ela se sente dentro da cabine de gravação. Resolvemos fazer a demo da música hoje. Ela teria um compromisso à noite e voltaria amanhã com algumas pessoas da banda dela. Estava nervosa, porque não gostava de conviver com boa parte dos seus músicos antigos. Todo o dinheiro saía do bolso dela, então se arriscar com gente que não acredita no tipo de música que ela está fazendo agora é perigoso. Combinamos de ela trazer os poucos em quem ela confia e eu faria os outros instrumentos. Não foi à toa que aprendi a tocar tantos.

O mundo da música está acostumado a aplaudir grandes vozes. Aquelas que têm grande alcance vocal fazem melismas em notas altas. O caso de Vanessa não é bem esse. O registro de voz dela é diferente, ela canta quase sussurrando. É uma típica contralto, tom de voz feminino mais grave. É bonito se usado de forma correta. Infelizmente, poucos são os que sabem trabalhar e produzir para vozes tipo essa. O mais normal para compositores e produtores era trabalhar na faixa visando as grandes notas. Para uma voz como a dela, explorar o grave e as notas médias é o grande mistério. É por isso que Vanessa acabou ficando com fama de cantora fabricada. Insistiram em botá-la para cantar notas altas, que ela só alcança com ajuda do famigerado Auto-tune[2]. Ao vivo, só fazendo *playback* mesmo.

Quando terminamos, ela avisa que precisa mesmo ir, porque ficou um pouco em cima da hora. Enquanto junta as coisas, ponho a faixa para ela ouvir. Vanessa senta na cadeira ao meu lado, o rosto concentrado, um pequeno sorriso escapulindo. Os minutos passam, a faixa rola e vejo uma lágrima escapar. Ela não faz nenhum esforço para secá-la até que a música termine. Meu coração se enche de felicidade por perceber que minha missão está sendo cumprida ali. Estamos fazendo um material realmente bom, talento puro. Quando acaba, eu pauso o programa antes que ele volte a tocar. Ainda chorando um pouco, Vanessa me abraça.

— Olha, muito obrigada, de verdade. Por acreditar em mim e me ajudar a produzir isso. — Ela se afasta do abraço e passa a mão pelas

---

2 Auto-tune é um programa de computador para corrigir a voz dos cantores.

lágrimas, enquanto continua. — Está incrível. Soa como uma versão minha muito melhor do que qualquer uma das que eu já entreguei e essa é apenas a faixa demo.

— Ainda bem que soa melhor, porque eu sinto que essa é quem você é de verdade.

Ela ri e se levanta. Pega a bolsa e a passa no ombro.

— Essa sou eu. Estou muito feliz de tê-la achado.

— Amanhã eu trago a minha agenda e a gente marca as próximas sessões, tudo bem?

Assim que ela bate a porta, eu volto a trabalhar na faixa. Começo a escrever uma partitura para a música, porque pretendo estar com tudo pronto quando os músicos chegarem no dia seguinte. Perco a noção do tempo trabalhando nisso e passou da hora do jantar quando vou para casa. Estou saindo do metrô quando Daniel me liga.

— O que?

— Quanta educação para falar com seu irmão favorito.

— Acho que você ligou errado, cara, porque o único irmão que eu tenho é chato para caralho.

— Vai se fuder, Davi.

— O mesmo, Dan.

— E eu aqui me preocupando com a sua alimentação, porra. Giovanna mandou você vir em casa para comer. Ela fez macarrão demais e se ficar para amanhã estraga.

— Porra, a Gi fez o macarrão dela?

— Fez, mas eu vou comer tudo sozinho se você não der as caras em 20 minutos.

— Calma, cara, já chego aí.

Meu irmão vive melhor do que eu. Meu apartamento é na Teixeira de Melo, à direita da General Osório. Ele mora na Vieira Souto, de frente para a praia, na altura do Posto 9. Saio do metrô e caminho até o apartamento dele, cerca de 10 minutos. Quem atende a porta é Duda, que, imediatamente, pula nos meus braços.

— Tio Davi! Papai disse que você veio filar a boia.

Rindo, bati a porta. Ah, família. Era bom estar em casa.

Cuida do meu coração

Luiza

— Você o que? — pergunto para Paula, que não me preparou para a bomba que tinha acabado de soltar.

— Grávida, Luiza. Daqui a alguns meses vai ter mais um ser humano no mundo e ele terá o meu rosto.

— Isso é uma brincadeira comigo, garota? — Estou chocada e deixo isso transparecer na minha voz, mas ela só ri.

— Não é brincadeira, amiga. Estou mesmo grávida. O médico já confirmou.

— Pelo amor de Deus, garota! Quantos meses?

— Três semanas.

— Não tem nem um mês! Como você sabe disso?

— Eu descobri por acaso. Os sintomas nem começaram a aparecer direito, mas fui fazer um exame e o médico me contou.

— E você sabe de quem é? — pergunto, porque Paula não namora há tempos.

— É meu — responde, simplesmente.

— Que é seu eu sei, estou falando do pai.

— É meu. O pai não importa.

— Paula...

— Sério, Lu — ela me interrompe. — O pai dessa criança não precisa ser mencionado nessa gravidez. O importante é que ele ou ela será muito amado pela mãe.

— E pela tia Lu também, faz esse favor. Sabe que pode contar comigo para qualquer coisa.

— Obrigada, amiga. Com tudo o que está acontecendo com as Lolas, não sei como vai ser por aqui. Vou mesmo precisar do seu apoio.

Agora vê essa. Quem precisa de Lolas quando se tem Luiza Monteiro?

— Não é à toa que eu estou aqui, amiga. Para segurar o seu cabelo na hora de vomitar e montar berço com você.

— Ah, olha que amiga maravilhosa! Quem precisa de pai para o bebê quando tem melhor amiga?

Então ficamos conversando coisas normais de melhores amigas: nomes para o bebê, decoração do quartinho, chá de fralda e tudo mais. A verdade é que meu coração estava apertado, pensando em outra pessoa que estava fazendo os mesmos planos de gravidez no momento.

Quanto tempo leva para a gente esquecer um amor antigo?

Porque é nisso que eu fico pensando logo que desligo o telefone. No fato de meu ex-noivo estar grávido e a minha vida ter virado de cabeça para baixo por causa disso.

Dormi em um colchonete por duas semanas. Meu ano começou assim, dormindo de favor na casa da Amanda, minha dupla na faculdade. Os pais dela foram pessoas maravilhosas que queriam tirar o irmãozinho do quarto dele para me dar um espaço, mas eu insisti que não precisava. A verdade é que só pisei no apartamento antigo para buscar uma mala de roupas, feita às pressas quando vi que Rubens tinha saído para o trabalho. Ele ligou, tentou, insistiu, mas eu o evitei de todas as formas. Sei que nós nos encontraríamos quando a faculdade retornasse, mas eu não ia me preocupar com isso agora. Até lá espero ser uma nova pessoa, recuperada dos baques que a vida me deu logo no comecinho de 2018.

Duas semanas foi o tempo que levou para conseguir um apartamento novo. Dessa vez, escolhi um perto da faculdade e do trabalho. Agora eu morava em um cubículo em Botafogo, mas pelo menos podia ir andando para o estágio e economizava um tanto para ajudar no aluguel e demais contas. Eu só não podia ser demitida.

Não vou mentir dizendo que tudo foi fácil. Na verdade, a primeira semana foi puxada. Amanda teve que me sacolejar um pouco para que eu não me sentisse uma fracassada. Então eu tive um estalo. Ok, os primeiros sete dias do ano tinham sido uma droga, mas eu ainda tinha 358 para fazer um 2018 incrível, cheio de mudanças na minha vida.

A primeira foi no visual. Dizem que mudar o visual é o primeiro passo para alguma coisa grande. Não sei se dizem mesmo, mas para mim é. Há muito tempo que meu cabelo está longo, na base da coluna. Dei sorte de a mãe da Amanda ser cabeleireira, porque ela fez um corte incrível no meu cabelo de graça. Achei uma foto da Emilia Clarke com

Cuida do meu coração

um corte chamado *blunt cut* e mostrei para ela. Até a cor do cabelo estava parecida, então me senti a própria intérprete de Daenerys Targaryen[3] e peguei um pouquinho da sua força para seguir. Achei um apartamento de um casal que estava se mudando para outra cidade, mas queria alugar. Deixaram alguns móveis para trás, os únicos que eu tinha por enquanto. Precisava voltar ao antigo apartamento para buscar o que era meu, os móveis que eu tinha antes de morar com Rubens, mas não tive coragem na época que me mudei. Hoje, três semanas depois, ainda não tenho.

Mas tudo bem, porque eu tenho um plano estruturado e funcional. O carnaval está chegando, eu vou beijar todas as bocas possíveis, conhecer um boy magia maravilhoso e esquecer para sempre que algum dia fui noiva de um babaca.

Pasmem: o plano está funcionando muito bem. Quer dizer, ainda é domingo de carnaval, mas eu já beijei incontáveis bocas, conheci vários boys magias e não faço ideia de quem é Rubens. Quanto tempo vai durar, eu não sei, mas espero que bastante.

Dei uma sorte louca nesse carnaval. Um dos camarotes da Sapucaí é patrocinado pela empresa da família de um amigo rico do meu curso, que ficou sabendo do chifre que levei e me deu ingressos. *"Vai beijar na boca de uns famosos, gata"*, foi o que ele escreveu no bilhete que veio junto.

E eu fui mesmo. Não tinha ninguém conhecido no camarote, mas isso não mudava nada. Uma das minhas escolas favoritas, a Grande Rio, faria um desfile. Tudo bem que o horário dela era depois das duas da manhã, bem tarde, mas eu estava firme. A cerveja estava gelada, um monte de famoso estava por lá e tinha tanta gente bonita que eu não sentia vontade nenhuma de voltar para o meu apartamento solitário.

Só que para bagunçar a minha mente mais um pouquinho, tive o vis-

---

3 Daenerys Targaryen é uma personagem da série Game Of Thrones, interpretada pela atriz Emilia Clarke.

lumbre de alguém que eu achei que não veria em muito tempo. Encostado em uma pilastra, conversando com mais dois caras exageradamente gatos, estava Davi, o produtor que eu fiquei na festa das Lolas. Puta que pariu, eu estava fodida.

Porque eu fui meio cretina naquele dia. Meio embuste até. Estava magoada, ferida, quebrada por ter beijado Rubens à meia noite, sonhando com um ano incrível para nós dois, só para descobrir a traição. Quis esquecer que ele existia e dei em cima do cara. Que, por sinal, é gato mesmo, simpático, gostoso, bundudo e tem uma barba que Nossa Senhora Aparecida! O que aquela barba faz no corpo de uma mulher...

Então nós transamos, dormimos e eu fugi antes que ele acordasse. Não deixei nem um recadinho. A noite tinha sido incrível, mas a verdade é que eu estava sofrendo demais por Rubens na primeira semana para sequer pensar no que tinha feito.

Não sabia como ele estava se sentindo. Se tinha dado graças a Deus por não ter que me ligar de novo ou se estava chateado por eu ter desaparecido, então tentei ficar longe dos olhos dele. A Vila Isabel entrou na avenida com um desfile falando sobre o futuro e eu peguei o celular para fazer *stories*. Foi a única forma de eu ver que Lua estava me ligando. Lua é minha irmã, que mora em Juiz de Fora. Saí do camarote para uma área mais reservada e menos barulhenta, então atendi.

— Ei, Lua. Tudo bem?

Ah, sim. Minha irmã não gosta do nome dela, então a gente só chama pelos apelidos: Lyli ou Lua.

— Lu, vem para casa. Aconteceu uma tragédia. O prédio do pai e da mãe pegou fogo.

Durante alguns segundos, fico em silêncio. Preciso deles para me recuperar. Casa. Tragédia. Pai, mãe. Fogo.

— Puta que pariu, Lua, não brinca comigo assim — reajo.

— Não é brincadeira, Lu. — Ouço sua voz quebrar. — Vem para casa. Agora.

— Eu... Eu... — gaguejo e perco as palavras. — Eu estou indo. Vou te avisando, mas não me deixa sem notícias.

Desligo o telefone e deixo meu corpo encostar-se à parede. Felizmente o corredor está vazio, porque protagonizo uma cena de filme de drama, em que escorrego até o chão, chorando. Escondo o rosto nas mãos e permito que lágrimas de preocupação explodam de dentro de mim por cinco minutos inteiros. Então sinto duas mãos tocarem meus joelhos.

— Luiza… O que houve?

Quarto Capítulo

Davi

Coisas que a gente espera que aconteçam no Carnaval:
- ✓ Ficar com pessoas que você não vai ver nunca mais;
- ✓ A escola de samba que o Paulo Barros estiver é a que vence;
- ✓ Gravidezes acidentais;
- ✓ Pessoas dando PT, que não tem nada a ver com o partido político;
- ✓ Fantasias estranhas;
- ✓ Outras coisas que não consigo recordar no momento.

Coisas que a gente não espera que aconteça no Carnaval:
- x Resolver sair de um camarote na Sapucaí porque está com — pasme — sono;
- x Encontrar sua transa de Ano Novo chorando no corredor.

Ah, sim. Resolvi chamar Luiza desse jeito depois de um tempo sofrendo por essa mulher. Eu sou meio trouxa para essas coisas às vezes. Não que estivesse apaixonado ou sofrendo de verdade, mas passei umas três semanas compondo músicas para ela, pensando nela, no fato de ter sido largado. Não é como se ela fosse o grande amor da minha vida, sabe? Dei um basta nisso e coloquei um plano em curso: beijar o máximo de bocas que eu pudesse no Carnaval, assim minha cabeça ia ter uma variedade maior de mulheres para pensar. E, finalmente, eu poderia voltar a compor decentemente.

A meta estava sendo concluída com sucesso, exceto por hoje, que eu estava com tanto sono que resolvi voltar mais cedo para casa. Quer dizer, era tarde, já passava da meia noite, mas não tão tarde. O problema foi que havia uma pedra no meio do meu caminho. Não uma pedra mesmo, literalmente. Mas eu não podia simplesmente contornar Luiza e seguir. Ela era amiga da Paula, afinal. Eu poderia pelo menos ligar para a amiga dela, para que as duas se resolvessem.

— Oi, Davi — respondeu ela. Soava triste de verdade.

Estendo a mão e seco seu rosto.

— Fala comigo — peço, tentando desvendar o que está acontecendo.

— Eu... — Faz uma pausa, respira fundo e recomeça. — Houve um incêndio no prédio dos meus pais. Preciso ir até a minha cidade.

— Posso fazer alguma coisa para ajudar?

— Você quer me ajudar?

A dúvida no seu rosto parece verdadeira. Se for pelo fato de ela ter traído o noivo comigo, me largado ou qualquer outra coisa, não precisava. Isso não me impediria de ajudar, se eu pudesse.

— Fala, Luiza. Se eu puder, claro que eu vou.

Ela não responde de imediato e eu fico assustado com a quantidade de lágrimas que ela começa a produzir. Entendo sobre perdas, mais do que gostaria até. Não por ter perdido muitas pessoas para a morte, mas pela intensidade da minha última. Todo o meu mundo mudou depois daquilo.

Ela não falou mais nada e só chorou. Eu me sentei ao seu lado e passei o braço pelos seus ombros. Deitada no meu peito, novamente ela escondeu o rosto nas mãos. Parecia triste, profundamente triste. Fiquei nervoso sobre o que eu deveria fazer. Se essa era realmente a ajuda de que ela precisava. Há muito não precisava consolar uma mulher com mais de oito anos. A última tinha sido ela, no Ano Novo, quando falei por horas sobre música e a distraí. Peguei uma das suas mãos, entrelaçando os dedos no meu.

— Ei, fala comigo. — Ela balançou a cabeça, ainda chorando. — Deixa eu tentar te ajudar. Você disse que precisava ir para sua cidade.

— Meus pais... — Não conseguiu completar.

— Eles estavam no momento do incêndio? — perguntei, torcendo para que fosse apenas nervosismo dela, mas ela assentiu, mostrando que não.

— Estão no hospital, minha irmã está indo para lá — balbucia, ainda aparentando nervosismo.

— Ok. Como você pretende ir para lá? — Esforço-me para ser o prático da situação, sem soar indiferente. Não estou sendo indiferente.

— Eu tenho que ir para a rodoviária, conseguir um ônibus. Não tenho carro.

— Tudo bem, meu carro está aqui na Sapucaí. Consegui credencial para estacionar hoje. Eu posso te levar até a rodoviária. Ou você precisa passar em casa antes?

— Rodoviária. Preciso ver meus pais — soa como um mantra e me pergunto se ele se repete na mente dela.

— Tudo bem, vamos lá.

Caminho com ela pelos corredores, nossas mãos entrelaçadas ainda. Na minha mente, um nervosismo enorme por ver seu sofrimento. Apesar de todos os problemas com meus pais, pensar que eles foram vítimas de um incêndio é algo que me deixaria destruído também. Mesmo que não me odiassem, que estivéssemos afastados por opção minha… Não sei o que isso teria feito comigo.

Não tenho dificuldade em encontrar o carro no estacionamento. Conseguir essa vaga foi uma sorte enorme. Produzi, de graça, a faixa de uma das escolas de samba desse carnaval. Por isso, um integrante da diretoria me deu uma das vagas direcionadas a eles. Trabalhar para gente famosa e importante tinha dessas vantagens.

— De que cidade você é? — pergunto a ela logo que consigo sair da Sapucaí. Precisava estar atento aqui, porque a maioria das ruas está fechada.

— Juiz de Fora.

Faço os cálculos mentalmente. Juiz de Fora. Duas horas e meia de viagem. Se considerarmos o trânsito nesse horário, até menos. Só pelo tempo que ela vai levar para conseguir um ônibus na rodoviária em pleno feriado, tomo uma decisão. Se a situação fosse invertida, gostaria de ter encontrado alguém disposto a me ajudar da mesma forma. Estou na Linha Vermelha quando ela se dá conta de que não vou deixá-la na rodoviária.

— Você sabe que a gente já passou da Novo Rio, não sabe? — pergunta me olhando em dúvida.

Cuida do meu coração

— Eu sei disso.

— Em que rodoviária você pretende me deixar, então?

— Eu vou te levar até Juiz de Fora.

— Nem pensar! — reclama emburrada.

— Por que não?

— Porque não precisa! Uma carona para a rodoviária é uma coisa, mas são duas horas...

— E meia de viagem — corto-a. — É, eu sei. Já fui a Juiz de Fora antes. Para de reclamar e me agradece, porque você iria levar muito mais tempo só esperando vaga em um ônibus de madrugada, em pleno Carnaval.

Ela fica em silêncio por um tempo, mas sinto seu olhar sobre mim.

— Você está bêbado?

— Não. Eu não bebo. Fiquei no refrigerante a noite inteira.

— Eu vi você beber no Ano Novo.

— Você deveria estar bêbada no Ano Novo — rebato. — Era guaraná, a garrafa parece de cerveja, mas não é.

— Eu não vou pagar essa carona com sexo.

Começo a rir, pensando nesse absurdo. A filha da puta está achando que eu estou sendo gentil com ela para levá-la para cama?

— Ainda bem que eu não estou esperando transar com você então, mas agora eu fiquei curioso. Finalmente se deu conta de que traição é uma coisa ruim?

— Do que você está falando? — pergunta, soando um pouco ofendida.

— Do fato de você ter ido para minha cama e eu ter descoberto no dia seguinte que você está noiva.

— Vai se foder, seu *stalker* do caralho — assusto-me com a quantidade de palavrões em uma só frase. — Para o carro nessa porra que eu vou descer. Não preciso de nenhum babaca falando sobre traição comigo quando meus pais estão na porra do hospital.

Ok, tirei-a do sério. Mas a culpa não é minha. Acho que tenho o direito de saber que fui cúmplice de uma traição.

Ignoro o pedido dela para parar e acelero um pouco o carro.

— Não vou pedir desculpas por trazer esse assunto à tona — aviso. — Posso respeitar seus sentimentos de não querer discutir com seus pais no hospital, mas a verdade é que você transou comigo sendo noiva de um cara.

— Como você descobriu que eu era noiva? — rebate de imediato. Esse fato parece tirá-la do sério.

— E isso lá importa? — Ela bufou, frustrada por eu não responder. — A gente vai continuar brigando até lá? Duas horas e meia de discussão?

— Se for isso que você quer, eu estou pronta. — Começo a rir, mesmo sabendo que é inapropriado. Não era isso que eu tinha planejado para esse feriado. — Para com isso, caralho. Será que você pode não cair na gargalhada? Meus pais estão no hospital.

Respiro fundo e paro de rir.

— Desculpa, foi mesmo indelicado. — Engulo em seco e continuo falando. — Eu vi no seu Facebook que você estava noiva de um cara. Desculpa ter sido meio *stalker*. Mas você não concorda que eu deveria ter ficado puto por ter sido o outro da relação?

— Aquele babaca não era mais meu noivo. Eu descobri naquela noite que ele ia ser pai do filho de outra.

— Puta que pariu.

— Pois é, puta que pariu. No máximo, você pode ficar puto porque usei você para esquecer a dor naquela noite. Nada além disso.

— Eu estou me sentindo meio mal agora — assumi.

Como ir de orgulho ferido a sentimento de culpa em dois segundos.

— Também não me senti muito bem por ter desaparecido da sua casa naquele dia.

— O que você acha de a gente colocar uma pedra em cima e começar tudo de novo? Ainda temos pelo menos duas horas de viagem pela frente para alimentar ressentimentos.

Ela respirou fundo e esticou a mão para mim.

— Oi, meu nome é Davi. — Apertei a mão dela. — Muito prazer.

— O meu é Luiza. O prazer é meu.

Nós nos distraímos por um minuto e a vejo pegar no celular. Está aberto em uma conversa com Paula e eu desvio o olhar para não parecer estar fuxicando, mas logo sou atraído de volta, porque percebo que estão falando de mim.

> Porra, Lu, onde você está? Precisa de ajuda pra chegar em casa?

Cuida do meu coração

45

> Não, seu amigo Davi está me levando

> Ele não é nenhum psicopata, né?

Caralho, garota, não me faz rir

hahahahahaha

Davi é um urso de tão fofo e maravilhoso

Considerando que você foi na casa dele SEM AVISAR PARA NINGUÉM, transou como louca e não morreu, fica despreocupada

Não mataria nem um inseto

> Se fuder, Paula

Mas depois eu vou querer saber todos os detalhes, viada

Paro de olhar, mas acho graça da conversa. Realmente, Luiza deveria ficar preocupada em uma situação dessas, mas eu sou inofensivo.

— Eu preciso ser sincero em uma coisa, Luiza — começo a dizer assim que entramos na Washington Luiz.

Por sorte, o trânsito está mais tranquilo hoje. É também uma forma de retomarmos a conversa.

— Seja sincero, então. — Ela guarda o celular dentro do top que veste por baixo do abadá do camarote.

— Eu estava indo embora do camarote porque estou morrendo de sono, então se você não se importar, eu queria parar para comprar um café e abastecer. E preciso que você converse comigo às vezes também.

— Claro. Não queremos nenhum acidente.

— Então eu vou fazer isso no próximo posto de gasolina, tudo bem?

Ela assente e eu encontro uma parada cerca de 500 metros depois. Enquanto vou abastecer, ela se encaminha para a loja de conveniência. Disse que se não tiver café, vai trazer todo tipo de açúcar. Quando volta, preciso abrir a porta, porque, além de dois copinhos de café, ela tem várias barras de chocolate e pacotes de Fini.

— Agora que estamos com várias provisões, podemos seguir viagem.

Cuida do meu coração

48

Carol Dias

Quinto Capítulo

Davi

Depois da nossa parada no posto de gasolina, começamos a conversar sobre coisas aleatórias. Ela, para me manter acordado; eu, para tirar a mente dela do que tinha acontecido. Acabo descobrindo várias coisas boas sobre ela, mas também seu maior defeito:

— Eu achei bobo. Quer dizer, todo mundo sabe que os filmes da Marvel são mais leves e tal, a coisa da comédia atrai as pessoas. Guardiões da Galáxia não foi um sucesso à toa. O que me irritou em Thor: Ragnarok é que ficou parecendo que eles passaram do ponto. Algumas cenas eram bobas e não engraçadas.

— Nós vamos ter que discordar nessa, porque eu acho que a Marvel acertou em cheio nesse filme.

— Para ser bem sincera, eu não sei. Só assisti Thor por causa do Chris Hemsworth. Eu não gosto da Marvel.

Olho para ela, assustado. Ela é uma herege?

— Como assim você não gosta da Marvel?

— Não faz essa cara, Davi. Todo mundo sabe que os heróis da DC são muito mais relevantes.

Puta que me pariu!

— Retira! — pedi bem sério.

— Retirar o que?

— Essa heresia que você disse. Retira!

Então a infeliz começou a rir. Eu queria ter ficado contente por ter arrancado uma risada dela nessas condições, mas não por esse motivo. Porra, não acredito que ela pode ser fã da DC.

— Quem é Homem de Ferro comparado ao Superman ou ao Batman? Até as heroínas femininas da DC pisam nas da Marvel, que não teve capacidade de exaltar nenhuma mulher nos cinemas até hoje. A pobre da Viúva Negra tem uma história boa para caramba, a atriz é incrível, mas ninguém se mexeu para dar a ela o destaque que ela merece. Acho que o único vingador realmente relevante fora desse universo nerd é o Hulk.

Eu olhei para ela tão assustado que nem percebi ter virado o volante e deixado o caro invadir a pista ao lado. Minha sorte foi a estrada estar vazia ou eu teria causado um acidente, sem dúvidas. Diminuí a velocidade e arrumei o carro na pista.

— Puta que pariu, Luiza! Não fala uma coisa dessas, caralho.

Ela começou a gargalhar novamente.

— Eu não acredito! A gente quase morreu porque você não aceita que a DC é melhor!

— Chega. — A voz sai firme, definitiva. — Vamos falar de comida, que tal?

Esse acabou sendo um assunto mais neutro. Discordamos de algumas coisas, mas nada que ameaçasse nossa integridade física. Logo que chegamos à cidade, Luiza passou a ficar mais calada. Acho que começou a bater nela o motivo pelo qual dirigimos até aqui. Ela foi me direcionando pelo caminho e poderia dizer que ficou mais séria para não errarmos, mas acho que não. Avisou-me quando estávamos no bairro da casa dos pais, mas nem precisava. Uma ambulância passou por nós a toda velocidade. Quanto mais perto chegávamos, mais as ruas estavam escuras, provavelmente por falta de eletricidade. E eu soube que estávamos bem perto da casa dos pais dela por dois motivos: o fogo, que ainda não tinha sido apagado, e o quarteirão, que tinha sido fechado pela polícia. Parei o carro o mais próximo que pude e Luiza saiu correndo em direção à barricada policial. Arrumei um lugar para estacionar por perto e fiz o caminho de volta, torcendo para ainda não ter perdido a garota. Tinha cumprido minha tarefa de levá-la para casa, mas não estava planejando sair dali por enquanto. Já tinha ido a Juiz de Fora, se pudesse ajudar em algo mais, iria.

Ela estava do lado de cá da barricada falando ao telefone quando eu cheguei.

— Tá, Lua. Ele chegou aqui, vou pedir. Espera, eu já chego. — Desligou, guardou novamente o celular no top e me encarou. — Já que eu te explorei até Juiz de Fora, será que você pode me levar ao hospital? É perto.

— Claro, vamos lá.

Realmente era perto, levamos menos de dez minutos. Assim que parei, ela beijou minha bochecha com pressa.

— Obrigada. — E saiu do carro.

Novamente, fui arrumar um lugar para estacionar. Minha meta era não ficar no caminho, mas estar disponível. Pelo menos até saber notícias mais concretas dos pais dela. Quando entro, Luiza está sentada ao lado de uma garota que presumo ser sua irmã por causa das semelhanças que as duas têm. Suas cabeças estão encostadas uma na outra enquanto elas falam baixinho. As mãos se entrelaçam firmes e eu entendo o sentimento que está sendo transmitido ali. Era a mesma força que recebi do Daniel há poucos anos, quando tudo desandou, e que continuo recebendo desde então. Sem querer atrapalhar, sento em um banco afastado, de frente para elas. Luiza me veria, e, se precisasse de mim, era só chamar.

A entrada do hospital estava uma correria e eu fiquei olhando de um lado para o outro, tentando entender tudo o que estava acontecendo. O incêndio deve ter sido realmente grande, porque a quantidade de gente andando de um lado para o outro, entrando e saindo, era acima do normal para uma emergência. No momento, eu só podia torcer para que o máximo de pessoas ficasse bem.

Um médico saiu da área onde os feridos chegavam e eu imaginava ser a emergência. Ele chamou pelos parentes de alguém e eu não prestei atenção nos nomes até notar Luiza e a irmã levantarem. O médico andou até elas e eu me aproximei também.

—... E eu sinto muito. — Peguei a conversa no meio, infelizmente. — O pulmão dele aparentava estar comprometido antes mesmo do incidente, então imagino que ele era fumante. Não resistiu.

— Não!

Cuida do meu coração

Um choro doído rasgou a garganta de Luiza. Ela se virou na direção da irmã, que prontamente a amparou. Eu não sabia de onde ela ainda tirava forças, mas parecia que não duraria tanto. A garota tremia.

— Sobre a mãe de vocês, preciso que prestem atenção. Ela está acordada, mas o quadro é extremamente grave. Vou pedir que me acompanhem imediatamente, por favor.

Luiza balançou a cabeça e segurou a mão da irmã, pronta para seguir o médico.

— O meu filho! — Ficou parada no lugar, fazendo com que o médico e Luiza voltassem.

Olhei para a criança de cinco, seis anos que dormia em um colchonete estendido no chão, como se nada estivesse acontecendo ao redor.

— Eu fico com ele — disse de imediato, olhando para Luiza. Ela assentiu com a cabeça. — Vão.

— Ele é meu amigo, Lua, pode confiar.

As duas se afastaram com olhares agradecidos e eu me sentei no banco onde a irmã estava anteriormente. Não me importei por Luiza não ter me dado tanta atenção ou Lua ter me encarado por dois segundos antes de confiar seu filho a mim. Torcia para ser apresentado em um momento no qual as pessoas não estivessem todas nervosas e a situação estivesse mais calma. A verdade é que eu acho que nada mais estaria calmo agora. Pelo que entendi, o médico veio dizer que o pai delas estava morto e que a mãe estava muito mal. Eu só pedia para que ela ficasse bem, porque sabia o que era perder os dois pais ao mesmo tempo, mesmo que não tivesse perdido para a morte.

O tempo passa, mas o menino sequer se mexe. Gostaria de saber o nome dele, pelo menos, mas não quis interromper perguntando. Poderia questioná-lo, caso acordasse, mas não precisei. As duas voltaram logo e o semblante era pior do que quando tinham entrado. Levantei-me e esperei que elas chegassem.

— Oi, como foi? — perguntei e imediatamente me arrependi.

Luiza passou os braços ao redor do meu corpo e escondeu o rosto no meu pescoço. Enquanto a envolvia nos meus braços, senti seu corpo tremer e o som de seu choro. A irmã a encarava, segurando as lágrimas. Abri um braço, querendo que ela viesse se juntar a nós. Não a conhecia, mas poderia oferecer um pouco de suporte para as duas nesse momento. Mesmo que não significasse muito, um abraço às vezes vale mais do que palavras bonitas. Ela escondeu o rosto no outro lado do meu pescoço e passou o braço por mim e pela irmã. Nós três estávamos abraçados e eu me esforçava para retirar o máximo da dor que eu pudesse das duas. Na minha mente, vinha uma das músicas mais profundas e tristes que eu ouvi em 2017. Supermarket Flowers, do Ed Sheeran. É sobre alguém que perdeu a própria mãe. Minha parte favorita era assim:

Dad always told me: "Don't you cry when you're down". But mum, there's a tear every time that I blink.
Meu pai sempre disse: "Não chore quando estiver se sentindo triste". Mas mãe, há uma lágrima toda vez que pisco.

Oh, I'm in pieces. It's tearing me up, but I know, a heart that's broke is a heart that's been loved.
Ah, estou em pedaços. Está acabando comigo, mas eu sei que se o coração está partido é porque foi amado.

So I'll sing Hallelujah. You were an angel in the shape of my mum. When I fell down you'd be there holding me up. Spread your wings as you go. When God takes you back he'll say: "Hallelujah, you're home".
Então cantarei aleluia. Você era um anjo em forma de mãe. Quando eu caía, você estava lá me levantando. Abra suas asas enquanto se vai. Quando Deus te receber de volta, ele dirá: "Aleluia, você está em casa".

Eu não sei quanto tempo passou, mas eventualmente nós nos separamos. O garotinho acorda e vai direto para as pernas da mãe. Ela o pega no colo e senta no banco. Luiza senta também e eu fico ao lado dela, sem saber ao certo o que fazer. Ela deita no meu ombro e passa um braço pelo meu, aconchegando-se.

— Desculpa ter te colocado nessa e obrigada por tudo.

Puxo o rosto dela para mais perto e deixo um beijo na sua testa.

— Fica bem, Lu. Conta comigo.

Passamos um tempo lá até o médico voltar para confirmar a má notícia. Minutos depois de as duas terem saído do quarto, a mãe delas faleceu.

Os dois de uma vez, em uma noite de Carnaval.

Foda.

Sexto Capítulo

Davi

— Ei, Davizinho! A que devo a honra de sua ligação nesta bela segunda de Carnaval?

Por um momento, fiquei triste por acabar com a alegria no tom de voz dela. Respirei fundo e disse o que precisava.

— Paula, desculpa atrapalhar seu feriado. A coisa é séria.

— Vamos com calma, homem. Deixa eu sentar. — Esperei por alguns segundos. — Pronto. Fala.

— Você consegue vir para Juiz de Fora hoje?

— Hoje? O que houve? É alguma coisa com a Lu?

Solto a respiração de uma vez. É alguma coisa com a Lu sim.

Desde que a notícia da mãe delas chegou, as coisas ficaram complicadas. As duas choraram, a irmã — que se apresentou como Lyli — menos que Luiza. Acho que é coisa de irmã mais velha, porque Daniel foi forte por mim também. Uma deu suporte para a outra e eu fiz o que pude, deixando Lu chorar no meu peito e tentando passar a mensagem de que ela não estava sozinha. Em dado momento, elas se recompuseram e começaram a ajustar as coisas junto ao hospital. Eu sabia que as duas estavam apenas sendo adultas e que seus corações deveriam estar despedaçados, então fiquei ao lado esperando para ajudar no que fosse necessário.

A maior preocupação de Lyli era Ryan, o filho dela. Não perguntei, mas entendi que ela era mãe solteira. Enquanto as duas iam de um lado para o outro do hospital, ligando para pessoas e fazendo o que tinha que ser feito, eu fiquei de olho no menino. Em algum momento, ele acordou e a mãe dele estava lá. Quis ir ao banheiro, mas ela estava no telefone, então eu disse que o levaria. Fomos rapidamente apresentados, mas por algum motivo Ryan entendeu que podia confiar em mim. Essa pureza é o que mais me assusta nas crianças. A facilidade que elas têm de aceitar você na vida delas. Ficamos amigos na velocidade da luz.

— Davi! — Paula chamou minha atenção do outro lado da linha. — Ainda está aí?

— Desculpa, Paulinha. Estou aqui sim. A Lu precisa de você aqui.

— Droga. Quão ruim foi?

Fiz outra pausa, pensando em como diria isso. Olhei em volta, mas nenhuma das duas estava por perto.

— Os dois, Paula. Elas perderam os dois.

Ela soltou uma chuva de palavrões, um pior do que o outro. Imagino que deveria conhecê-los, já que as duas eram amigas há algum tempo.

— Eu vou pegar a estrada o mais rápido possível. — Sua voz soava chorosa. — Você pode ir me atualizando das coisas?

— Claro. Se eu tiver novidades por aqui, vou avisando.

Lyli voltou minutos depois, Ryan pendurado no ombro. Eu olhava para o nada, celular na mão, tentando assimilar tudo o que tinha acontecido. Há poucas horas, eu estava na Sapucaí, me sentindo um pouco entediado com as pessoas e com a vida. A vida é mesmo uma montanha russa de emoções.

— Davi, desculpa incomodar você de novo. A Lu disse que você está de carro.

— Eu já disse, estou aqui para o que precisarem. E sim, estou com o carro aí.

— Pode nos dar uma carona para o meu apartamento?

— Claro. Agora? — Ela assentiu. — Onde está a Lu?

— Disse que ia para a entrada do hospital assim que terminasse o que está resolvendo. Conseguimos pegar o atestado de óbito dos dois, finalmente.

Ao meu lado estava a bolsa dela com as coisas do Ryan. Coloco no ombro e a sigo. Até tentaria tirar o menino do colo dela por saber que ele é mais pesado, mas é perda de tempo. Das outras duas vezes que tentei, Lyli disse que não precisava. Tinha minhas suspeitas do motivo.

Pedi que Lyli me esperasse na porta do hospital também, porque o carro tinha ficado em uma vaga distante. Quando passei, as duas estavam paradas, olhando na direção de onde eu vim. Você via pelo rosto que nenhuma das duas estava bem de verdade. Guiaram-me até o apartamento, que era há poucos minutos dali. Parei em uma vaga na frente do prédio, e, enquanto Lyli saía com o menino, Lu segurou minha mão, impedindo que eu descesse.

— Conseguiu falar com a Paulinha? — perguntou assim que a porta do carro bateu.

— Sim, ela disse que vem o mais rápido possível.

Ela se esticou e beijou minha bochecha. Depois, encostou a testa no meu ombro.

— Eu nem sei por onde começar a te agradecer por tudo que você fez por mim sem nem me conhecer direito. A gente transou, discutiu, riu, mas isso não era motivo para você ser tão bom comigo.

Segurei a mão dela que estava em cima da minha perna. Entrelacei nossos dedos.

— Você me segurou aqui e está dizendo essas coisas para me chutar de volta para o Rio de Janeiro, não é?

Ela soltou uma risada curta e sem graça. Acertei em cheio.

— Eu não quero que você se sinta obrigado a ficar aqui, Davi. Já fez mais do que qualquer um teria feito.

— Não estou me sentindo obrigado. Estou aqui porque quero ajudar. Se você não me quiser ajudando, vou respeitar, mas enquanto puder… Mesmo que eu sinta que estou atrapalhando em alguns momentos.

— Não está. — Afastou-se um pouco de mim, sentando corretamente no lugar. — Eu vou subir para tomar um banho e trocar de roupa. Acho que você não tem outra para vestir, mas pode usar o chuveiro, se quiser.

— Eu tenho uma muda de roupa na mala do carro. Adoraria usar o chuveiro, se você e sua irmã não se importarem.

Ela assentiu e destravou a porta, mas eu a puxei pela mão dessa vez.

Cuida do meu coração

57

— Tudo bem?

— Comigo sim, mas saiba que, se não estiver tudo bem com você, é só me falar. Enquanto suas amigas não chegam, você pode me usar de apoio para o que precisar.

Ela me deu um sorriso fraco e assentiu, então nós dois saímos. Fui até o porta-malas e peguei a mochila que eu deixava ali dentro com itens de higiene e uma muda de roupas. O porteiro já a conhecia e deixou que ela entrasse imediatamente, então eu só a segui. Lyli mora no terceiro andar, felizmente para o meu problema de altura. Deixou a porta encostada para que nós entrássemos e eu sigo Luiza, um pouco sem jeito por invadir a privacidade delas.

— A gente decidiu ficar aqui até o horário do almoço. Depois disso, vamos à funerária terminar de acertar as coisas. Você nos leva lá?

— Levo, claro. A hora que quiserem ir.

— Você não tem nada mesmo para fazer no Rio, Davi? Nenhum compromisso?

Eu nego.

— É feriado, eu decidi que ficaria em casa e aproveitaria o convite que eu tinha para a Sapucaí. Só preciso falar com meu irmão, pedir para ele dar uma olhada no meu cachorro.

— Olha, o banheiro é a segunda porta no corredor. Eu vou ver se Lua precisa de ajuda com o Ryan e volto.

— Lua é outro apelido da sua irmã, né? — perguntei, tentando entender porque Luiza a chamava assim, mas a irmã pedia a todos que a chamassem de Lyli.

— Isso. Todo mundo a chama de Lyli, porque ela odeia o nome dela e facilita, porque é mais diferente do meu apelido. Só que eu e algumas amigas mais próximas a chamamos de Lua. Era para chamar apenas longe dos outros, mas sempre escorrega.

Assenti e disse que iria tomar banho. Não me lembrava de Luiza ter chamado a irmã de Lyli nenhuma vez, então sei que não eram apenas escorregões. Lu aproveitou e foi comigo para me mostrar onde ficavam as toalhas e outras coisas, depois me deixou sozinho. Enquanto tirava minhas coisas da mochila, liguei para Daniel.

— Ei, irmão. Já ia te ligar mesmo. Sua cunhada resolveu que quer comer churrasco. Quer vir?

— Mano, preciso de um favor seu, na verdade.

— O que?

— Que vá dar uma olhada no Dog por mim. É provável que eu não volte para casa hoje.

— Ih, já vi tudo — disse, o riso malicioso em cada palavra. — A noite de carnaval foi boa.

Respirei fundo, pronto para arruinar as esperanças do meu irmão de eu ter ficado com alguém.

— Na verdade, eu estou em Juiz de Fora com uma amiga da Paula. Aquela que eu peguei no Réveillon. Aconteceu um incêndio no prédio dos pais dela e eu vim para uma carona, mas acabou que tive que ficar.

— Porra, irmão. A coisa foi séria? Como eles estão?

— Infelizmente, os dois morreram. — Ouvi meu irmão xingar do outro lado da linha. — Ela está aqui com a irmã, que tem um filho. Começaram a ligar para a família e tem gente para chegar, mas não quis deixá-las sozinhas. Não consegui.

— Precisa que eu faça alguma coisa, Davi? Elas estão precisando de algo?

— Por enquanto não, Dan. Só queria que você olhasse o Dog mesmo. Deve estar com fome e sede.

— Claro, deixa comigo. E qualquer coisa liga.

— Obrigado, mano.

Nós nos despedimos e eu desliguei. Não queria demorar muito, porque não sabia se esse era o único banheiro da casa.

As roupas que eu tinha na mochila eram melhores do que as que eu vestia anteriormente. Mesmo sendo apenas jeans e camisa azul escura, era bem mais aceitável do que abadá e bermuda, dada a situação. Quando saio do banho, Luiza passa por mim com roupas na mão e entra. Na cozinha, Lyli está preparando alguma coisa que cheira bem. Vou até lá pedir um pouco de água e saber se ela precisa de ajuda.

— Você sabe cozinhar? — ela pergunta, em um tom de quem não acredita nem por um segundo no meu potencial.

— Eu moro sozinho, então sim. Não que eu seja um chef ou algo do tipo, mas ainda não morri de fome.

Cuida do meu coração

59

— Pode colocar essas batatas para cozinhar, por favor? Meu filho não come se não tiver purê de batata.

— Tudo bem se eu pegar um pouco de água antes?

— Claro.

Ela me estendeu um copo do escorredor de louça e apontou para o filtro de água na ponta da pia. Depois de beber, parei no balcão ao centro da cozinha com as batatas que ela já tinha separado. Ficamos em silêncio, concentrados nas nossas tarefas. Algum tempo depois, ela puxou o assunto.

— De onde você e a Lu se conhecem? Ela não me explicou direito.

Expirei. Como dizer para ela que a gente se pegou no Ano Novo porque ela queria esquecer o ex, então eu a encontrei chorando na Sapucaí e a trouxe até aqui?

— Eu sou produtor musical. Trabalhei muito com as Lolas e nós ficamos amigos. Conheci a Lu na festa de Ano Novo das meninas.

— Espera. Você é o cara do Ano Novo?

Lyli me encara chocada e eu não posso evitar o sorriso que sai dos meus lábios. Claro que ela contou para a irmã que pegou um cara no Ano Novo para esquecer a dor de ter sido traída.

— É, isso mesmo.

— Ela não me disse que vocês continuavam se falando. — Seu rosto estava tão franzido e as sobrancelhas tão arqueadas que eu suspeitava um pouco do que teria sido falado sobre mim.

— Porque nós não continuamos. Por um acaso, eu estava indo embora de um camarote na Sapucaí quando a vi sentada no chão, chorando. Ofereci uma carona para a rodoviária, mas pensei na situação dela e no tempo que demoraria até chegar aqui se tivesse que pegar um ônibus no feriado. Quando vi, já estava na estrada, ouvindo-a reclamar.

— Essa foi a segunda vez que vocês se viram na vida e você dirigiu por quase duzentos quilômetros para trazê-la até aqui? — Assenti, porque eu sabia que era loucura, mas gostaria que alguém tivesse feito o mesmo por mim. — É, os homens desse mundo ainda têm salvação.

— Nem só de macho escroto vive o sexo masculino. Alguns tentam ser boas pessoas.

— Ah, ainda bem. Minha irmã costuma ter o dedo podre para homem e isso é de família.

Foi só ela dizer isso para a campainha tocar. Disse que ficaria de olho na panela para ela, enquanto colocava água para ferver. Lyli saiu da cozinha e eu foquei na minha tarefa de novo. Só que, do nada, uma gritaria começou e eu apurei os ouvidos novamente.

— Eu não preciso da sua merda hoje, Apolo. Não sei o que você veio fazer aqui, porra.

— Vida, pelo amor de Deus. Não estou aqui para brigar. Vamos deixar isso para depois, eu só quero cuidar de você.

— Vai cuidar das suas putas — ela gritou. Apaguei todos os fogos que estavam acesos. Devagar, fui na direção da briga. — A última coisa que eu preciso hoje é ver a sua cara.

— Lyli, tudo bem? — perguntei antes de virar o corredor da entrada da casa.

A cena era: Lyli, de chinelo, short curto, blusa folgada e um coque no cabelo tentando fechar a porta, porém um cara estava com o pé impedindo que ela o fizesse. Ele, estranhamente, vestia roupa social e o que parecia ser um sobretudo.

— Tudo bem, Davi, esse senhor está de saída.

Ela segurou a testa dele com a mão e fez força para conseguir colocá-lo para fora. Aproveitando-se desse momento, ele forçou a porta e entrou. Foi rápido; fechou-a atrás dele e segurou Lyli pela cintura, colocando-a por trás do seu corpo.

— Quem é você, babaca?

Ah, pronto. Ex-namorado ciumento.

— Apolo, deixa o Davi em paz.

— Desde que eu fui convidado para entrar e você teve que empurrar a dama para estar aqui dentro, acho que o babaca aqui é você.

— É melhor não se meter aqui, porque o assunto é entre a Lua e eu.

Lua. O cara deve ser ex-namorado mesmo para chamá-la com o apelido do círculo de amigos.

— Seja lá qual for o assunto de vocês, eu não sou a terceira pessoa do relacionamento — esclareci. — Só vim até aqui para falar com a moça. — Olhei em direção a ela. — Lyli, você está bem? Precisa de mim ou pode resolver isso sozinha?

Cuida do meu coração　　　　　　　　　　61

— Se eu tivesse um pouquinho mais de força, já teria colocado esse idiota para fora.

Fiquei em dúvida se deveria ir até lá, empurrá-lo e bater a porta, porque Lyli é o tipo de mulher que gosta de resolver as coisas por conta própria.

— Vida, não me afasta agora — pediu, virando-se para ela. Continuei assistindo e esperando que ele fizesse algo que eu devesse intervir.

— Eu sei que você precisa de mim. Manda esse babaca embora que eu vou cuidar de você.

— Ih, esse cara ainda não se tocou, Lua? — Atrás de mim soou a voz irritada de Luiza.

— Achei que tinha se tocado depois de desaparecer por dois meses — ela respondeu para a irmã, frisando o tempo que o ex passou longe.

— Eu desapareci porque você me expulsou da sua vida, mas quando eu soube do que aconteceu, não pude te deixar. — Segurou o rosto dela entre as mãos. — Deixa eu cuidar de você.

— É melhor você cuidar daquela piranha da sua secretária, Apolo. Davi, você se importa de tirar esse babaca da casa da minha irmã? — Lu pediu, tocando no meu braço.

Respirei fundo e dei alguns passos, parando ao lado dele.

— Sério, cara. É Apolo, né? Olha, eu não quero confusão. Lyli, que é a dona da casa, não quer conversa com você. A irmã dela pediu para eu te tirar daqui. Na boa, vai embora.

Primeiro, ele olhou com desdém para a mão que eu coloquei no seu ombro. Depois, ele olhou com desprezo para mim. Fui firme segurando seu olhar, mostrando que eu não tinha medo dele. Eu sou bom em fazer cara de mau. Para sustentar meu ponto, coloquei mais força no aperto do seu ombro.

— Você vai ficar aqui e cuidar delas? — perguntou, puto.

— Vou. Enquanto elas precisarem de mim, eu não saio dessa casa.

— Com qual das duas você está transando?

Nós ouvimos a reclamação das duas atrás de nós, mas eu entendia o cara. Ele parecia ter sentimentos por Lyli e eu ficaria puto e desconfiado também se a situação fosse invertida.

— Com nenhuma das duas — respondi, mas isso não o fez relaxar.

— Mas se for para acontecer, vai ser com a Luiza, fica tranquilo. Agora sai daqui, antes que eu tenha que fazer você sair.

Ele ainda parecia puto, mas desviou o olhar para Lyli. Ela não olhava para ele, mas o cara continuou encarando. Apolo respirou fundo, falando com ela em seguida.

— Eu vou ficar na cidade. Se você precisar de mim para qualquer coisa, liga. Por favor, Vida, não seja orgulhosa. Qualquer coisa que for, fala comigo. — Ela continuou ignorando-o e ele inclinou a cabeça, esperando por uma resposta. — Promete, Lua.

Ela bufou, e, por um momento, eu vi como toda essa situação a estava esgotando. Lyli assentiu minimamente e Apolo se moveu em direção à porta. Abriu o sobretudo e retirou um cartão do bolso, que me estendeu.

— Se ela não ligar, mas precisar de mim, por favor, me liga. Não sei se você já se apaixonou alguma vez, mas essa mulher é o que eu tenho de mais importante nesse mundo.

— Elas vão ficar bem, não se preocupa.

Peguei o cartão da mão dele, esperando que isso o tranquilizasse. Ele saiu sem olhar para trás e eu bati a porta. Lyli passou por nós dois sem dizer nada, enquanto voltava para a cozinha. Eu podia ouvir seu choro, mas não sabia muito bem o que fazer. Lu me olhou e deu um suspiro cansado.

— Ele é ex dela. A história deles é complicada por vários motivos. Será que você pode me dar um tempinho com a minha irmã?

— Claro. — Assenti. — Eu vou para a varanda fumar um cigarro. Tudo bem?

Depois que ela concordou, eu fiz o que prometi. Fiquei um bom tempo lá ouvindo música, mesmo depois de o cigarro ter acabado. Lyli veio me chamar para almoçar cerca de uma hora depois, banho tomado e cara limpa.

— Sobre a visita do Apolo, desculpa por você ter tido que se intrometer nisso para resolver. Eu o amo, mas… — A voz falhou e uma lágrima escapuliu em questão de segundos. — Não consigo ser a garota de sexta-feira, sabendo que ele tem outras seis para os demais dias da semana.

Eita. Era filme de Sessão da Tarde isso?

Cuida do meu coração 63

— Amor não é para isso mesmo, Lyli — disse, tocando seu ombro brevemente. — Se não for para fazer você se sentir única e especial, é melhor que não seja um relacionamento.

— Davi... — Ela sorriu minimamente. — Eu posso te abraçar?

Concordei e ela se aproximou. Assim como a irmã costumava fazer, primeiro encostou a cabeça no meu peito, depois envolveu minha cintura. Eu passei meus braços ao seu redor e senti suas lágrimas molharem a minha camiseta.

— Eu me sinto tão idiota por ter segurado a barra quando recebi a notícia dos meus pais, mas não consegui sequer parar de chorar por um cara idiota qualquer.

— É o cansaço, Lu. Chega uma hora que o seu corpo está exausto, não aguenta mais ser emocionalmente sugado. Só o que nos resta é chorar mesmo.

O enterro foi no dia seguinte, no fim da tarde.

A funerária conseguiu que os dois fossem sepultados lado a lado.

A família e alguns amigos apareceram. Gente que trabalhava com os pais dela, principalmente. Do lado de Luiza, apenas Paula e a família dela, que vieram do Rio. Os outros pediram desculpas, mas não conseguiriam vir no meio do feriado. Alguns estavam viajando ou com compromissos. Por mais que as irmãs tivessem chorado algumas vezes, nada me preparou para a dor que elas mostraram quando ambos os caixões foram descidos. As lágrimas não paravam e eu senti que meus braços não eram suficientes para segurar toda a carga emocional delas. Era estranho me sentir tão conectado com pessoas que eu tinha visto tão pouco, mas acho que esse tipo de situação une as pessoas.

Foi Apolo quem dividiu o peso de segurar as duas comigo. Ele chegou devagar e eu vi quando tocou a base da coluna da Lyli. Ela o olhou por um segundo e o abraçou forte. Eu entendia o que ela falou sobre amá-lo, mas não conseguir ficar com ele, sabendo de outros relacionamentos. Achava burrice da parte de Apolo, principalmente vendo o sentimento que Lyli carregava no olhar naquele momento. Era dor por ter perdido duas pessoas tão importantes, talvez as mais importantes da vida dela, mas havia também certo conforto, certa paz e tranquilidade que a gente só tem quando está nos braços de alguém amado. É sentir o amor daquela pessoa passar para você e te acalmar, mostrar que as coisas ainda vão dar certo.

Mesmo com tudo o que vi acontecer entre eles, a troca de olhares e carinho, na saída do cemitério Lyli recobrou a consciência. Vi no seu rosto quando ela se deu conta de que tinha se permitido fraquejar nos braços de um homem que a magoou. Ela pegou Ryan do colo da Paula e entrou no meu carro com poucas palavras para ele. Apenas um "adeus" e um "obrigada". Então ela fez com o filho o que eu a vi fazer desde o hospital. Abraçou-o com toda força, encontrando no pequeno a força necessária para continuar. Contornei para entrar do lado do motorista, mas diminuí o passo quando vi Luiza andar até ele.

— Eu sei que você ama minha irmã — disse, quando estavam perto. Eu quase não podia ouvir. — Só que você é um babaca e vai precisar de mais do que um pedido de desculpas para fazê-la acreditar na sua versão da história. Não aparece enquanto não puder provar o que você tanto repete para a gente sobre a sua inocência. Respeita a dor que a gente está sentindo e não faz a minha irmã sofrer por você também.

Vi quando ele assentiu, sério. Ela deu a volta e caminhou em direção ao carro. Nós entramos.

— Eu ouvi — Lyli anunciou, olhando a irmã. — Obrigada por agir como minha irmã mais velha às vezes.

Luiza estendeu a mão para trás e segurou a da irmã na dela.

— Nós só temos uma a outra, Lua. Temos que nos proteger.

Cuida do meu coração

Carol Dias

Sétimo Capítulo

Davi

Sou jogado para fora do metrô por uma mulher mal-educada que passou a viagem inteira com a cara enfiada no celular. Perdi um pouco de paciência para as pessoas que começam o dia sendo grossas. Deixo que ela passe por mim e caminho em um ritmo normal. Ser seu próprio chefe tem a vantagem de não precisar chegar no horário. Claro, se eu tivesse algum compromisso ou horário agendado, eu chegaria antes. Hoje não era o caso, tudo o que eu tinha para fazer poderia ser resolvido no decorrer do dia.

Caminhei pelas ruas de Botafogo sem me apressar. Houve uma época, logo que eu comprei o estúdio, que resolvi vir de carro todos os dias. Era um inferno. Apesar de ter uma vaga no prédio, o trânsito que eu sempre pegava era insuportável. Já chegava irritado aqui, mesmo que o trajeto fosse curtíssimo. Então passei a vir de metrô. Apesar de ter que lidar com as pessoas irritadinhas, eu tinha uma qualidade de vida muito maior.

E ainda podia dizer para os meus artistas que eles tinham estacionamento grátis quando quisessem gravar comigo, porque a vaga ficava lá só esperando.

Quando virei a esquina, avistei logo o jornaleiro. Ele sorriu, porque sabia que eu faria uma parada lá, como todos os dias.

— Separadinho, como sempre. — Ele estendeu meu jornal e o

maço de cigarros. Peguei o dinheiro do bolso e entreguei a ele.

— Obrigado, seu Pedro. — Coloquei o jornal debaixo do braço e abri o maço de cigarros, logo acendendo um. — E a rodada desse fim de semana?

Enquanto fumava, deixei que o jornaleiro falasse sobre os jogos de futebol. Não sou do tipo torcedor que acompanha tudo, esse é o meu irmão, mas gosto de saber o que está acontecendo e seu Pedro é meu informante principal. Nas segundas-feiras, eu paro aqui por uns dez minutos com meu jornal e cigarro, enquanto deixo que ele comente sobre as jogadas e seu tricolor querido. Minha preferência é pelo Gladiadores, time do meu irmão, mas não me importo o suficiente para falar mal do time alheio. Se seu Pedro quer torcer pelo Fluminense, o problema é dele, não é? Deixa o homem ser feliz.

Eu gostava de pensar que o fato de ficar aqui por dez minutos ouvindo as opiniões de um cara que já passou dos 70 fazia o dia do seu Pedro mais feliz. Ele é um dos jornaleiros mais antigos de Botafogo e sempre conta que não pretende se aposentar da sua banca. É incrível ver como trabalhar aqui faz bem para sua mente, torna-o um homem ativo.

Despeço-me depois que ele falou sobre os jogos dos grandes clubes do Rio e meu cigarro terminou. Assim que chego à portaria do prédio, ouço o barulho do elevador e me apresso para não perder a viagem.

— Opa, bom dia, seu Otávio — cumprimento rapidamente o porteiro. — Segura o elevador, por favor.

A porta começou a fechar, mas quem estava dentro me ouviu e travou. Congelei quando entrei e vi quem estava lá.

— Davi? — Ela foi a primeira a dizer algo.

— Luiza?

Nós dois ficamos alguns segundos encarando um ao outro, até que a porta se fechou atrás de mim. Não sabia o que dizer, como falar com ela. Da última vez, depois de dois dias juntos, em que acompanhei todo o seu sofrimento, ela pediu que eu fosse embora. Respeitei, porque entendi que era um momento que ela precisava ter com a irmã. Também porque achava que ela estava pronta para se segurar nas próprias pernas.

Hoje, era possível ver como aquilo ainda a atingia. Não sei se era falta de maquiagem, mas Luiza tinha um rosto abatido. Mesmo que tudo

68

o que eu quisesse no momento fosse abraçá-la e saber como tinham sido os últimos dias, eu sabia que não era meu papel perguntar. Não éramos amigos nem nada, mesmo que eu continuasse pensando nela com frequência, preocupado com seu estado emocional.

Virei-me para o painel e apertei o terceiro andar.

— Você trabalha aqui ou algo assim? — questionou, a curiosidade parecendo ter sido maior do que qualquer coisa.

— Hm, sim. O meu estúdio é no terceiro andar. Você?

Ela riu. Mesmo que não fosse uma gargalhada completa, foi bom saber que ela estava melhorando.

— Eu faço estágio na KJ Advogados Associados — respondeu. — É no quarto andar.

Então foi a minha vez de rir. Ela trabalha um andar acima de mim?

— Há quanto tempo isso? — Dessa vez, eu não consegui me segurar.

— Hm, não sei. — Parece esforçar-se para lembrar. — Um pouco mais de um ano, acho.

Mais uma risada me atinge e o elevador apita, anunciando que parou.

— Um ano trabalhando no mesmo prédio e a gente não se encontrou nenhuma vez — comento. Dou um passo para fora, mas seguro a porta para um último recado. — Bom ver você, Lu. Se precisar de mim, tem meu nome na porta.

Ela concorda e eu me afasto. As portas se fecham na minha frente e eu fico alguns segundos parado lá. Balanço a cabeça e me viro para entrar no meu estúdio. A vida é mesmo uma caixinha de surpresas.

— Bom dia, Carla! — grito animado, fazendo minha secretária pular. Começo a rir.

— Um dia eu ainda mando você tomar naquele lugar sem me preocupar em ser demitida — diz, depois de me dirigir um olhar irritado.

Começo a rir dela novamente, principalmente porque ela sabe que eu nunca a despediria, não importa o que ela fizer.

— Maicon já chegou?

— Sim. Deu bom dia e se trancou na sala de edição.

— Ainda bem, porque ele tem muito o que compensar. Voltou do carnaval na quinta-feira, mas parecia um zumbi sem raciocinar direito.

— Eu tenho uma coisa para você também, chefinho — comentou,

um sorriso brincando nos seus lábios. — Acho que isso vai me render uma promoção.

— Desembucha, mulher — peço, jogando-me no sofá da recepção. — Quem sabe não é agora que você muda de Pleno para Sênior?

Ela pega alguma coisa em uma gaveta embaixo do balcão e me joga. É um molho de chaves.

— Marquinhos me emprestou até o horário do almoço. Disse que é seu se quiser, mas ele não aluga, só vende.

Mexi no chaveiro e constatei o que eu suspeitava. Puta que pariu.

Desde o Ano Novo quando conversei com Tiago, namorado da Thainá, tomei uma decisão. Se queria que 2018 fosse o meu ano, precisaria investir em duas coisas: divulgação e estrutura. No fim de janeiro, tive uma reunião com a minha contadora e me planejei para alugar um novo espaço e contratar pessoal. Carla estava fazendo uma pesquisa de local para onde pudéssemos nos mudar, mas vinha sendo difícil. O que facilitaria de verdade a nossa vida era alugar o apartamento ao lado, só que estava ocupado e os donos não tinham pretensão de sair. Aparentemente, algo mudou.

— O que você fez?

— Negociei com ele. Comecei convencendo-o de que esse não era o melhor prédio para a empresa dele e encontrei um lugar melhor. Parece que deu certo.

— Carla, na boa, eu beijaria a sua boca agora se você não gostasse tanto de mulher quanto eu.

— É, ainda bem que você sabe disso. Andamos precisando de limites nesse estúdio.

— Já falou com a contadora?

— Acabei de mandar e-mail. Quando tiver um retorno dela, falo com você.

— Ok — concordei, balançando também a cabeça. — Eu vou dar um pulo lá para ver o lugar.

Marcus, o proprietário daquela sala, era novo no prédio. Ficamos sabendo que uma empresa se instalaria ali no início de dezembro. Conversamos na época e ele me disse que aquele deveria ser um lugar provisório, porque não era bem a cara da empresa dele. Eu tinha ficado mexido quando vi o lugar ser ocupado, porque há dois anos não havia ninguém ali e eu sempre brinquei que era para lá que meu estúdio se expandiria. Por ocasião do destino, eles tiveram diversos problemas e não se mudaram. Agora, pelo jeito, não se mudariam.

Entrei na sala e a vi praticamente vazia. Alguns materiais de obra espalhados e algumas caixas. Era o espelho do meu estúdio, mas eu sabia exatamente o que faria lá dessa vez. Dois cômodos seriam os novos estúdios de gravação. Outro cômodo seria uma ilha de edição extra. O último, uma área comum para os músicos e funcionários. Sentei-me no chão por um momento, imaginando as cores, os móveis. Decoração não era o meu forte, mas eu tinha algumas coisas em mente para aquele lugar.

Meia hora depois, voltei para o estúdio. Carla disse que a contadora estava em reunião, mas perguntou se nós poderíamos nos encontrar para almoçar para discutir a proposta que Marcus tinha feito. Fomos os três e eu saí de lá ciente de que conseguiria, mesmo que fosse me endividar um pouco. Marcus queria o dinheiro em parcela única, porque ele usaria para pagar a outra sala. Isso faria um pequeno rombo no meu orçamento e eu acabaria um pouco apertado durante a obra, mas o principal era continuar trabalhando muito, produzindo muitos *hits*, assim tudo daria certo.

Toda aquela agitação do dia me fez esquecer um pouco o encontro com Luiza. Quando voltei, porém, isso não funcionou bem. Sentei para trabalhar em uma faixa, mas comecei a me distrair. Foi aos poucos: primeiro, pensando em como era curioso o fato de trabalharmos no mesmo prédio e nunca termos nos encontrado. Principalmente no período entre o Ano Novo e o Carnaval, quando já nos conhecíamos. Depois, comecei a pensar em como ela estava abatida. Se estava precisando de alguma coisa, se ainda estava sofrendo a perda. Pensei na irmã dela, em Ryan, em Apolo. Pensei em como deve estar sendo difícil para ela seguir com a vida.

Não consegui trabalhar direito. Um pouco antes das cinco, resolvi descer para fumar. Tinha marcado uma sessão de gravação às 17h30min e queria estar focado. O cigarro me ajudaria a me concentrar. Logo que entrei no elevador, o motivo de estar tão confuso sorriu para mim.

— Acho que vamos nos encontrar aqui por todas as vezes que não nos vimos desde que comecei a estagiar.

Cuida do meu coração   71

Deixei uma risada fraca sair pelo nariz. Queria convidá-la para fazer alguma coisa, bater um papo. Saber como ela estava.

— Provavelmente. Acho que é o destino querendo nos dizer alguma coisa. — Ela sorriu de lado e deu de ombros. Não consegui me conter e perguntei. — Como você está, Lu? Com o que aconteceu, quero dizer.

Ela estendeu a mão para a minha e apertou rapidamente.

— Eu até queria te contar, mas a história é longa. Não dá para ser dentro de um elevador.

Para confirmar isso, ele apitou avisando que estávamos no térreo.

— O que você acha de a gente sair para beber alguma coisa essa semana, então?

Aguardei ansioso por sua resposta, mas, felizmente, ela veio em pouco tempo.

— Eu não tenho aula nas sextas. A gente pode ir a um barzinho, se estiver tudo bem para você.

Pensei se eu tinha marcado algum horário na sexta à noite, mas achava que não. De todo jeito, Carla poderia remarcar para mim.

— Sexta é bom para mim. Aonde você quer ir?

Oitavo Capítulo

Luiza

— Aquela filha da puta, Lua. Você não sabe o que ela fez agora!

Ah, mas se eu cruzo com ela no meio da rua arrasto a cara da vagabunda no asfalto. Sempre disse que, se um dia fosse traída, não bateria na mulher porque ela não tem culpa. Quem tinha um compromisso comigo e quebrou foi meu noivo, etc. Não é o caso dessa vez, já que aquela vaca me provoca e faz de tudo para mostrar que ganhou.

Na verdade, não sei exatamente o que ela ganhou. Um namorado? Bom para ela! Amei Rubens e ainda o amo, mas se ele não sente o mesmo por mim, sinto muito. Não vou ficar sofrendo por um cara que pisou no que eu sentia desse jeito. Eu quero mais é que ele se foda. Estava pronta para seguir com a minha vida, mas a piranha tem que ficar esfregando as coisas na minha cara, jogando indireta.

Vai se foder, sua puta.

Ah, para que tanto palavrão, Luiza? Respira, deixa a raiva desses dois passar que ela não vai te levar a lugar nenhum.

— O que ela fez, irmã? — Lua pergunta, soando um pouco desligada.

— Agora eu não vou lembrar a frase com exatidão, mas você acredita que ela postou uma foto do papai do ano beijando a barriga dela?

— Mana, isso é normal. Eles estão grávidos, as pessoas postam esse tipo de foto.

— É que o pior você não sabe, Lua! O pior foi a legenda!

— O que tinha na legenda, Luiza?

— Ai, eu disse que não lembro. Mas era alguma coisa dizendo que depois de muito tempo no caminho errado, o Rubens finalmente tinha encontrado a felicidade no lugar certo.

— É, já entendi porque você está furiosa, Lu. — Ouço o som de uma porta batendo. — Ryan! — Minha irmã grita. — Lu, eu tenho que desligar. Já falo com você.

Não tenho tempo de dizer nada, porque ela já desligou. É algo normal durante as minhas conversas com a minha irmã. Ter um filho pequeno a deixava constantemente ocupada.

Ryan, por sinal, foi um dos motivos de eu ter passado mais tempo em Juiz de Fora após a morte dos meus pais. Minha mãe ficava com ele enquanto minha irmã estava trabalhando e depois do que aconteceu ela não tinha com quem o deixar. Conseguimos uma vaga na creche emergencialmente, então eu pude voltar. Não sem ter que faltar ao estágio por dois dias e deixar minha chefe irritada, mesmo que eu tenha dito o que aconteceu.

Foi difícil deixar minha irmã em Juiz de Fora e voltar sozinha para o Rio de Janeiro. Nunca quis tanto largar tudo, mas ela me fez ver a importância de ficar e terminar a faculdade. Quando eu disse aos meus pais que queria fazer Direito em uma universidade no Rio, os dois transformaram o meu sonho no sonho deles. Era difícil estar distante da minha família, mas eles foram compreensivos o tempo inteiro e tiravam dias de folga para me visitar. Às vezes, parecia que a minha mudança mais tinha aproximado a gente do que afastado.

Mas eu não quero falar dos meus pais agora, dói só de pensar neles.

Procuro o número de Paula na agenda. Preciso falar com alguém sobre aquela vaca. É estranho, porque esse não é um sentimento que eu tenho com frequência. Como uma boa geminiana, eu simplesmente esqueço a existência de uma pessoa que me magoou como Rubens. Para mim, ele seria um homem morto. Ele foi um homem morto. Até essa praga dessa mulher ficar postando indiretinhas.

E não era nem para eu ter visto, porque já desfiz amizade com ele há tempos, mas tem uma garota no meu curso que acha que é minha amiga e fica me enviando *print* dos posts dos dois. A vontade de dar um grito na cara dela e mandar parar de me enviar essas coisas é grande, mas eu sempre fico furiosa demais para fazer qualquer coisa quando recebo os *prints*. De alguma forma, parece que era para ser isso mesmo o tempo todo. Meu destino era ficar possessa com a cretinice dos dois diariamente.

Encontro o número na agenda. Assim que meu dedo vai mandar discar, vejo Davi sair do elevador. Travo o telefone e guardo na bolsa.

— Ei! — Ele me dá um sorriso largo e beija meu rosto. — Tudo bem?

— Na medida do possível, sim. — Tento devolver o sorriso. — A gente pode ir?

— Meu carro está lá no subsolo. Você vem comigo ou quer esperar eu te pegar aqui na porta? — Digo que posso ir até lá e ele abre caminho. — Não fiz você esperar muito, né? Fiquei preso em uma ligação lá em cima.

— Não. Eu estava falando com a minha irmã nesse meio tempo.

— Como ela está? Como você está? — Respiro fundo, tentando colocar em palavras como passamos os últimos dias. Antes que eu fale algo, ele continua. — Eu quis ligar quando voltei, mas me dei conta de que não tinha seu número. Desculpe por isso.

— Fique tranquilo, eu não estava esperando que nós fôssemos virar melhores amigos depois daquilo. Eu sei que você tem uma vida e que as duas vezes em que estivemos juntos tudo foi meio bagunçado.

— É por isso que eu agradeço a chance de ter encontrado você naquele elevador. Quem sabe assim a gente faz dar certo.

O que ele quer dizer com "faz dar certo"? A amizade, como no Carnaval, ou o relacionamento físico, como no Ano Novo? Porque, sendo bem sincera, não posso namorar agora. Nem tão cedo. Não quero. Depois de tanto tempo namorando, noivando, quero tirar um tempo para mim, beijar na boca, ter encontros, recuperar meu coração, ficar bem de novo.

Depois eu penso em me comprometer.

— Minha irmã está bem, na medida do possível. — Não queria falar sobre, mas era uma forma rápida de mudar a direção que a conversa estava indo. — Fiquei um pouco com ela em Juiz de Fora para cuidar do meu sobrinho enquanto procurávamos por uma babá para ele, então só consegui voltar para casa ontem.

Cuida do meu coração

— Desculpe por não ter ajudado mais. Se houver algo que eu possa fazer para facilitar as coisas para você e sua irmã, deixe-me saber.

Ah, Davi.

Ele pode achar que não, mas passar por aqueles dias foi infinitamente mais fácil com ele lá.

Ele não só me deu a carona mais longa da minha vida, como ficou ao nosso lado e secou as nossas lágrimas. Lua e eu temos família, amigos, temos uma à outra, mas de alguma forma ser confortada por ele deixou tudo mais fácil. O homem tem um abraço que ugh! Faltam palavras para descrever o que faz comigo.

Aquela segunda de Carnaval vai ficar marcada na minha vida e não posso dizer que de forma positiva. Tudo parece obscuro ainda e eu mal consigo me lembrar de alguns momentos. Muitos deles estão tão tomados pela dor que eu não quero voltar, lembrar. E não vou mentir, ser acalentada e cuidada por ele agora seria ótimo, mas não posso. Não posso me abrir para outro cara por enquanto, principalmente se esse cara é Davi. Gato, cheiroso e fofo desse jeito. Eu tenho ótimos motivos para dizer isso.

— Tem uma coisa que você pode me ajudar, na verdade.

— Fala.

— Preciso de um plano muito bem bolado e estruturado para matar meu ex-namorado e a atual dele, cortar em pedacinhos, jogar para os tubarões e não ser presa.

Ele me olhou por um tempo e imagino que deveria estar considerando se eu estava falando sério ou não.

— Você tem papel e caneta aí? — perguntou e tirou a chave com o alarme do carro do bolso. Apertou o botão e nós entramos. Fiquei na minha enquanto ele manobrava. Então Davi voltou a falar. — Ele ainda está te incomodando? Eu realmente não sei como as coisas ficaram entre vocês.

— Eu excluí essa praga desse Rubens do Facebook, parei de seguir no Instagram, mas tem uma garota da faculdade que é um embuste e fica me mandando *print* das coisas que ele e a namorada nova ficam postando.

— Você já falou com a garota da faculdade que não quer receber *prints*? — perguntou inocentemente.

— Não seja inocente, Davi. Claro que eu falei. Várias e várias vezes.

Mas você acha que esse povo quer saber disso? Eles querem ver sangue, lares sendo destruídos, relacionamentos abalados, pessoas chorando, caos, desastre.

— E você quer o que? — perguntou, olhando-me por um minuto. Estava sério e eu me segurei para não dizer as duas coisas que eu realmente queria. — De verdade, Luiza. Fala o que você quer que eu faça para que isso pare de te afetar tanto. Quero que Rubens e a nova namorada sejam tão insignificantes para você que você nem saiba quem são.

— Você não quer saber o que eu quero, Davi. Não de verdade. Isso é problema meu e você não precisa ter dor de cabeça com isso.

— Divide esse problema comigo.

Respirei fundo e segurei a língua. As duas coisas que eu queria de Davi eram distintas e eu não podia pedir nenhuma delas a ele.

— Não é justo pedir isso a você.

— Deixa que eu julgo se é justo ou não.

Foda-se. Ele pediu, não pediu? E ainda insistiu!

— O que eu quero, Davi... — Virei-me no banco para ele, as mãos tremendo. Fui em frente. — O que eu quero é retomar o controle da minha vida. É transformar aquele apartamento sem graça que eu moro em um lar de verdade para os próximos anos de faculdade. É parar de sofrer pelos cantos pela morte dos meus pais, porque chorar é bom, mas eu tenho uma vida para viver. Quero os meus móveis que gastei tanto dinheiro todos esses anos para comprar. Quero que aquele desgraçado do Rubens vá se foder porque eu não sou obrigada a ver a vida dele melhorar a cada dia, enquanto a minha entrou em um espiral de problemas. Quero saber se a Mel está bem com aquele babaca, já que foi ele quem a trouxe para casa. Eu estou de saco cheio de tudo isso, Davi. Quero ser feliz de novo.

Ele me deu uns minutos de silêncio, então respondeu.

— Você ainda tem as chaves do seu apartamento?

— Tenho. Fico me dizendo que vou passar lá para buscar as coisas, mas acabo não indo nunca.

— Onde você morava mesmo?

— Na puta que pariu do Méier.

Davi puxa o celular de um daqueles buracos no painel do carro e

Cuida do meu coração

estende para a mim.

— A senha é 4286. Acha uma música boa para a gente ouvir e conecta aqui no carro, por favor.

— E a gente vai para onde? — Pego o celular da mão dele e abro o Spotify.

— Para o Méier. A maioria das coisas que você quer, só depende de você. Então eu vou te dar um empurrãozinho para ajudar a resolver o que falta.

— E que empurrãozinho seria esse?

Eu sei estava meio burra fazendo tantas perguntas, mas não me importo. Queria entender direitinho o que Davi estava planejando.

— A gente vai recuperar a porra dos móveis que você gastou dinheiro para comprar.

Minha vontade era de chorar. De novo. Por um misto de coisas estranhas, que eu não entendia muito bem.

Finalmente, teria aquilo que eu queria. Mesmo que não fosse por ter tido coragem de ir até lá, mas eu não era orgulhosa a ponto de negar a companhia de Davi nisso.

Tinha medo de Rubens estar lá e isso causar um desconforto.

Medo de precisar seguir em frente com a minha vida agora que o primeiro passo tinha sido dado.

— Pronta? — perguntou Davi, depois de estarmos parados já há alguns minutos na frente do meu prédio antigo. — Ou precisa de mais um pouco de coragem?

— Preciso de coragem, ponto. Não tenho nenhuma.

Ele me deu um sorriso encorajador e abriu a porta do carro. Dei um pequeno grito antes de abrir a minha própria e caminhar até ele. Davi travou as portas e eu comecei a procurar pela minha chave.

— Sabe se o seu ex está por aí?

— É provável que não. Nesse horário ele ainda não saiu do estágio.

— Melhor assim.

Meu porteiro se assustou um pouco ao me ver. Ele perguntou como eu estava, eu disse que bem. Menti dizendo que tinha combinado com Rubens de buscar algumas coisas minhas que continuavam lá. Seguimos até o meu andar e, por todo o caminho, eu tracei cenários para a possibilidade de ele estar lá. Nenhum deles me preparou para o que realmente aconteceu.

Abri apenas uma fresta da porta e já deu para perceber que havia gente em casa.

— Demorou, Ru.

Era a outra. Recuso-me a dizer seu nome.

Congelei por um segundo com medo de entrar na casa. Olhei para Davi atrás de mim, querendo uma luz sobre o que fazer. Não deu tempo de ele dizer nada.

— Você não é o Rubens.

Nossa! Ela conseguiu chegar a essa conclusão sozinha?

— Não sou. — Criei coragem e dei um passo para dentro. — Eu não sabia que você estava aqui.

Ela me olhava ainda querendo entender o que eu fazia ali.

— Rubens sabia que você vinha?

— Sabia. — Por trás de mim, Davi falou. — Nós combinamos de buscar as coisas dela que ainda estão aqui.

— Ah, sim. Ele não me falou nada.

Parecia nervosa. Acho que de alguma forma isso a estava afetando. Se estivesse no lugar dela, provavelmente me sentiria assim também. Ser aquela que terminou um noivado porque estava grávida não parece uma realidade para mim. Eu nunca engravidaria de um cara aleatório que conheci, porque sou paranoica com camisinha. E eu nunca entraria em um relacionamento em que eu precisasse ficar escondida. Se quiser me pegar, tem que me assumir. Mesmo que seja como a peguete da vez.

"Quem é essa garota que está com você, fulano?"

"Ah, é a Luiza. A gente está se pegando."

Pronto, já é suficiente para mim. Melhor do que ficar de segredinho.

— Foi em cima da hora — improvisei.

Cuida do meu coração

— O que exatamente você veio buscar?

Hm, tudo?

— O que está acontecendo? — Rubens falou atrás de mim e eu não precisei nem responder à pergunta da outra.

— Rubens — disse, simplesmente, ao me virar para ele.

— O que você veio fazer aqui na minha casa, Luiza? — perguntou irritado, passando por Davi e parando na minha frente.

— Teoricamente, minha casa, já que o aluguel está no meu nome.

— Porque você nem respondeu as minhas ligações, então não pude combinar nada disso com você.

Ele parecia nervoso mesmo. Acho que não me esperava ali, não esperava uma discussão na frente da namoradinha.

— Não atendi, mas estou aqui agora. A gente pode resolver o que tiver para resolver.

— Hoje eu não posso. Viemos do hospital agora e vamos na mãe da…

— Eu não vou dar viagem perdida, Rubens — cortei-o antes que dissesse o nome da dita cuja.

— Eu já disse que não posso…

— Ótimo. Então você pode sair que eu pego as minhas coisas sem você me atrapalhar.

— Que coisas, porra? — Agora o rapaz explodiu.

— Que coisas? Que coisas? Todas aquelas que eu deixei para trás porque não aguentava sequer olhar na sua cara! — Perdi a paciência também.

— Nem atender minhas ligações, pelo jeito.

— Claro que não! Você me traiu.

— E você nem me deixou explicar!

— Explicar o que? Que foi um momento de fraqueza e que você sente muito por ter fodido essa daí nas minhas costas? Dizer que ela é o amor da sua vida ou que você só está com ela porque a engravidou, mas ainda me ama? Qual foi a mentira que você contou a si mesmo?

— Porra, Luiza, não fala assim dela… — Olha para a mulher por um segundo, nervoso, passando as mãos pelo cabelo.

— Ah, claro. Você vai defendê-la. Então a mensagem era que ela é o amor da sua vida. Vai se foder, Rubens. Vou começar pelas minhas roupas, depois os meus móveis.

— Móveis? Que móveis?

— Você se esqueceu de que foi você quem se mudou para uma casa mobiliada quando a gente decidiu morar junto?

— Você vai ser egoísta e simplesmente jogar na minha cara cada móvel que você comprou e tentar levar para o seu apartamento? O papai não pode bancar novos para você de novo?

Ah, cara. Não acredito nisso. Ele acabou de mencionar meu pai?

— Chega, Rubens. Fique sabendo que eu vou foder com a sua vida daqui para frente. Hoje, só as minhas roupas, mas prepare-se para receber uma ordem de despejo nos próximos dias. — Passei pela outra, que nos encarava perplexa, em direção ao quarto, onde provavelmente minhas roupas estavam. — Davi, você pode me ajudar aqui?

Rubens veio atrás, é claro, reclamando várias vezes por eu estar mexendo em coisas que eram dele. Ainda assim, tranquei o quarto com Davi dentro, então tudo que meu ex pôde fazer foi bater. Encontrei Mel deitada na cadeira do computador que deixávamos no quarto e eu passei uns dez minutos acariciando-a e matando as saudades da minha cachorrinha. As minhas roupas estavam dentro de malas e eu descobri que a outra tinha arrumado todas elas para abrir espaço para guardar as próprias. Parece que eles planejavam morar ali, já que ela vive com a mãe. Recolhi documentos meus que tinham ficado ali também e só saí de lá quando me dei por satisfeita.

No caminho para fora da casa, trocamos mais algumas farpas, mas eu estava decidida e Davi cheio das minhas malas em mãos, então não demorei.

— Desculpa por toda essa confusão, Davi — disse assim que entramos no carro dele.

— Não precisa se desculpar. Vai mesmo pedir para que ele seja despejado?

— Vou. A síndica é minha amiga e eu vou conversar com ela para não alugar o apartamento para ele, porque aquele filho da puta não merece. O aluguel desse mês está pago e eu vou fazer o que estiver ao meu alcance para atrapalhar os planos dele. Depois vou pegar todos os móveis e vender para comprar novos, porque não quero as lembranças que virão com eles.

Cuida do meu coração   81

Carol Dias

Nono Capítulo

Davi

Passei a chegar no mesmo horário todos os dias desde aquela primeira vez em que nos vimos. Era incrível como todas as vezes que eu estava com Luiza, ficava tão focado no momento que me esquecia completamente de pedir seu telefone. Era inconcebível para mim que duas pessoas que já se viram tantas vezes em situações tão extremas não tenham sequer trocado números.

Nosso barzinho furou, mas eu acho que a noite de sexta passada valeu muito mais a pena. Para Luiza, que finalmente teve coragem de encontrar o babaca do ex e recuperar algumas das suas coisas; para mim, que pude me aproximar um pouco mais dela. Eu não era bobo de achar que começaríamos um relacionamento agora e que seria lindo. Ter qualquer coisa com Luiza hoje era uma certeza de instabilidade.

Não que eu acredite que ela ainda o ame. Está ferida demais para pensar em voltar para ele agora, eu vi isso. Não sei no futuro, não tenho certeza de como as coisas vão se desenvolver. Meu papel é estar ali para que quando o coração dela estiver pronto de novo, ela só enxergue a mim. E se der tudo errado, pelo menos podemos nos divertir no meio tempo.

Porque é ruim de admitir, mas eu me afeiçoei a ela. Seu jeito de encarar a vida, ainda que tenha passado por coisas inimagináveis nesse início de 2018. Seu sorriso e seu bom humor. Até mesmo aquele corpo delicioso que eu me recordo muito bem de ter me esbaldado.

Infelizmente, hoje já era quinta-feira da semana seguinte e não nos cruzamos uma única vez.

Mas parece que esse era o meu dia de sorte. Dessa vez, fui eu quem ouviu uma voz pedir para segurar o elevador antes que as portas se fechassem. Uma Luiza esbaforida invadiu o ambiente.

— Davi! Que bom te encontrar! — Apertou o botão e as portas se fecharam.

— Posso dizer o mesmo, Lu. — Ela nem faz ideia. — Como você está?

— Enrolada. Eu fiquei morrendo de dor na consciência no sábado, porque não tinha te agradecido direito por ter me dado coragem e aguentado tudo naquele dia. Sério, você foi incrível. — Ela abriu um sorriso enorme.

— De nada. Já disse que pode contar comigo.

— Eu ia ligar para agradecer, mas percebi que não tenho seu telefone. Será que você pode me dar seu número?

Ê, vida. Precisei nem pedir.

O elevador chegou ao meu andar e ela saiu comigo enquanto a gente anotava. Disse que subia de escada depois. Fiquei na porta enquanto a via se afastar.

— Eu ainda estou te devendo uma ida ao barzinho. Que tal se a gente fizer isso amanhã à noite?

— Preciso ver como estou no estúdio amanhã. Mando mensagem para você em dois minutos, tudo bem?

Ela assentiu e nos despedimos. Entrei no meu estúdio e Carla levantou o rosto na hora.

— Bom dia, chefe — murmurou, abaixando a cabeça novamente.

— Bom dia, Carla. Você é a única capaz de fazer meu dia ficar infinitamente melhor em um segundo.

— Ih, o que houve?

— Olha a minha agenda de amanhã à noite. Diz que eu estou livre ou que é algo que a gente possa reagendar.

Ela pediu que eu esperasse por um minuto. Enquanto procurava, comecei a murmurar uma melodia alegre. Carla levantou uma sobrancelha, em dúvida.

84

— Comeu alguém? — Foi a minha vez de franzir o rosto. — Porque se não foi isso, você viu um passarinho verde. Está feliz demais.

— Não comi ninguém nem vi passarinho, mas dependendo do que você me falar sobre a minha agenda, é provável que sim.

— Sim o que?

— Olha logo a minha agenda.

— Responde a minha pergunta e eu digo o que tem na agenda.

Rolei os olhos e puxei o monitor para ver o que tinha na tela. Depois das seis, minha noite estava livre.

— Vou transar, porra! — gritei, indo para minha sala e puxando o celular do bolso.

— Fiz você esperar muito? — perguntei à Luiza assim que consegui chegar à recepção do estúdio. Ela estava sentada lendo um livro grosso, parecia acadêmico. — Desculpa mesmo.

— Nada, eu aproveitei para ler um dos livros da monografia. Esse projeto vai acabar comigo — respondeu, guardando na bolsa.

— Sobre o que é a sua monografia?

— Direitos autorais, basicamente — respondeu, ficando de pé. — Estou estudando alguns casos de plágio que aconteceram na história, tentando mostrar como é o processo e até onde algo pode ser considerado inspirado e não plagiado. A ideia é pegar a opinião de pessoas que trabalham com arte para entrevistar.

Caminhamos até a porta e eu a abri.

— Carlinha, se cuida. Qualquer coisa me liga. — Ela só acenou para mim, mas deu um "bom fim de semana" bem educado para Luiza. — Lu, que tema legal — comentei, já do lado de fora. — Se você precisar de mim para qualquer coisa, é só me dizer.

— Você me daria uma entrevista sobre o assunto? — perguntou logo depois de chamar o elevador.

— Claro. A gente combina e eu deixo você me entrevistar. Posso pedir a amigos e outras pessoas lá no estúdio, se precisar.

— Eu estou preparando uma listagem de entrevistados. Se eu precisar, posso mesmo falar com você sobre outras pessoas? — questionou.

— Claro. Eu converso com meus músicos. E vou falar com meu irmão também, ele tem alguns clientes do ramo do entretenimento, talvez possa dar a você material para pesquisa.

— Nossa, seria fantástico.

Conversamos um pouco sobre o TCC dela, mas o assunto acabou morrendo logo que ela entrou no carro e eu comecei a dirigir. Pesquisei na mente algo que pudesse nos manter falando, mas de imediato só me veio um.

— Como ficou a história com seu ex? Precisa de ajuda para buscar alguma coisa?

— Nossa, Davi, acho que eu vou ficar maluca com isso. Rubens recebeu um aviso da administração para sair do apartamento até segunda-feira. Eu já combinei com a síndica, que é procuradora também do proprietário, que prometeu vendê-lo ainda esse mês. Deixei incluir todos os móveis, então ela vai cobrar um pouquinho a mais e repassar o dinheiro para mim. Isso vai me ajudar a pagar a conta exorbitante que eu fiz nas Casas Bahia.

— O apartamento era seu ou era alugado?

— Era alugado, mas o dono do prédio resolveu vender todos os apartamentos que estavam vazios e ficar com aluguel só dos que já estavam sendo alugados. Parece que ele vai mudar de país e assim fica mais fácil. Então eu contei o que Rubens tinha feito comigo e ela concordou em me ajudar.

— Já tem uma previsão de quando ele vai ser obrigado a sair de lá?

— Ah, sim. Eu troquei a fechadura da casa na terça-feira, quando eu não tive aula. Rubens não estava lá. Como o contrato estava no meu nome, fiz isso, mesmo sabendo que estava fazendo justiça pelas próprias mãos e não aguardando o prazo judicial de uma Ação de Despejo. Então, fiz as malas dele e deixei na portaria. Pedi para um cara ir desmontar os móveis que não eram meus e eles ficaram em um depósito no prédio aguardando que ele fosse lá retirar.

— E como você está se sentindo agora?

— Mais aliviada — disse, um sorriso nos lábios. — Muito obrigada por ter me apoiado nisso. Era o empurrãozinho que eu precisava para fechar esse capítulo da minha história. Honestamente, não poderia me importar menos com Rubens no momento. E acho que qualquer coisa que a nova namorada dele possa me dizer nas redes sociais vai entrar por um ouvido e sair pelo outro. Simplesmente não me importo com o que ele faz da própria vida agora.

— Isso é bom, Lu.

— Isso é coisa de geminiano. Obrigada, Deus, pela minha capacidade de não dar a mínima para esses fodidos filhos de uma puta.

— Eu não sei nada sobre signos, Lu. O que isso significa?

— Eu só sei sobre o meu signo. Dizem que os de gêmeos são muito desapegados. Se você fez algo de mal para mim, eu não fico com rancor, mágoa, nada do tipo. Você simplesmente deixa de existir.

— É, ser desprezado por alguém é muito pior do que ser objeto de ódio ou mágoa.

— Esses sentimentos negativos só fazem nosso coração ficar mais pesado e eu definitivamente não preciso disso.

Chegamos ao barzinho que tínhamos combinado com facilidade. Difícil mesmo foi estacionar, então tive que deixar o carro um pouco longe. Fiquei um pouco preocupado com a volta, mas era o melhor que conseguiríamos para o horário. Luiza se enrolou lá dentro com alguma coisa na bolsa, o que me deu tempo para dar a volta no carro e abrir a porta para ela.

— Tudo bem se eu deixar algumas coisas aqui no seu carro? Eu trouxe esse livro enorme e não queria andar com ele sem necessidade.

— Sem problemas, deixa debaixo do banco.

Ela terminou de fazer isso e se preparou para sair. Estendi a mão e ela a pegou.

— Obrigada — disse, apertando um pouco mais minha mão. Bati a porta e travei o alarme. Luiza aproveitou para entrelaçar nossos dedos e começamos a caminhar. — Eu sei que você não bebe, mas se importa se eu tomar um chope?

— Claro que não, fique à vontade. Eu fico sóbrio por nós dois.

Cuida do meu coração

— Não pretendo ficar bêbada também. Gosto de manter minha consciência.

O que foi ótimo. Nós nos sentamos frente a frente, porque a mesa tinha apenas dois lugares, e conversamos. Comemos alguns petiscos, bebemos. Ela tomou dois chopes, depois me acompanhou no suco. E foi aí que a coisa começou a ficar boa para o meu lado. Olhávamos nos olhos um do outro, ela segurava a minha mão o tempo todo e até acariciava minha perna com o pé. Se isso não era um sinal de que ela estava interessada, eu não sei mais o que é.

— Como está a sua irmã?

— Bem, na medida do possível. Estamos conversando sobre ela se mudar para cá comigo. Só temos uma à outra agora.

— Eu entendo. Um dia, quero que conheça o meu irmão. Tê-lo por perto sempre me motiva a fazer as coisas.

— Nossos pais deixaram uma boa poupança para nós. Da minha parte, eu já tirei alguma coisa para comprar os móveis novos, mas pretendo devolver quando o apartamento for vendido. Disse a ela para usar esse dinheiro como segurança para o período que ficar desempregada por ter vindo morar aqui e ela está pensando. Só sei que seria ótimo tê-la comigo.

— Você tem notícias da Paula?

— Na verdade, não. Sempre que ligo, ela está ocupada. Eu não sei bem o que está acontecendo, mas sinto que ela está me evitando.

— Eu sinto isso também, às vezes. Acho que tem alguma coisa rolando com a banda, porque nenhuma delas está falando comigo como antes.

— É por isso também que eu quero que Lua venha morar comigo. Tenho vários amigos, mas poucos são os realmente próximos. Amanda, minha melhor amiga da faculdade, não deve aguentar mais me ouvir, porque é a ela que eu tenho recorrido. Até o pai dela eu pedi emprestado recentemente.

— O pai dela?

Luiza riu, balançando a cabeça positivamente.

— Vários dos meus móveis chegaram durante a semana, mas eu não consegui montar nenhum. E não consigo agendar com um montador, porque eles não têm disponibilidade nos momentos em que eu estou em casa. O pai dela é marceneiro, entre outras profissões, então concordou em ir lá em casa me ajudar.

— Você poderia ter falado comigo também. Quando ele deve ir?

— Amanhã de manhã, mas não queria te ocupar com isso.

— Estou livre amanhã de manhã. Posso ser ajudante dele, se você quiser.

Ela me olhou sem falar nada. Então apoiou um cotovelo na mesa e puxou meu rosto na direção do dela. Eu estava esperando que houvesse um beijo em algum momento da noite, então não demorei a reagir. Segurei o rosto dela também e aproveitei cada minuto daquilo. Daqueles lábios doces e macios e daquele sentimento que eu queria desfrutar de novo desde que acordei na primeira manhã do ano.

— Davi… — ela me chamou, a cabeça encostada no meu ombro enquanto caminhávamos para o meu carro. — Vai ser estranho se a gente ficar? Porque nós ficamos juntos no Ano Novo e eu assumi que te usei para esquecer o Rubens, depois você ficou do meu lado em um dos momentos mais difíceis pelos quais eu já passei e agora nós estamos aqui, sabe? Você bem no meio de toda essa bagunça que virou minha vida.

— Estranhamente acho que não, Lu. — Tirei o alarme do meu bolso e apontei para destravar o carro.

— Mas não é a situação mais normal, não é? — Encostou-se ao lado da porta do carro e eu segurei suas duas mãos.

— Depende do que é normal para você. — Eu me aproximei até que nossos corpos se tocassem. — Nós nos sentimos atraídos um pelo outro e isso deveria bastar para nós ficarmos juntos, se quisermos.

— E você quer? — Vi uma faísca de esperança nos seus olhos. — Mesmo com tudo o que eu tenho nos ombros nesse momento?

Encostei a testa na dela e deixei um pequeno sorriso escapar.

— A verdade é que eu estou doido para você aceitar dividir esse peso dos seus ombros comigo. — Subi a mão lentamente pela lateral do seu corpo enquanto falava, massageando seus ombros ao final. — Diga se eu estiver indo rápido demais, mas eu quero cuidar de você, Luiza, o máximo que eu puder. Seus problemas, seus medos e seu corpo.

De novo, ela puxou meu rosto na direção do dela e me beijou. Parecia uma carícia lenta e sensual, que arrepiou todos os pelos do meu corpo. Mas o que mais me atingiu foi o que aconteceu dentro de mim. Senti no meu coração o compasso desacelerar por um momento. O mundo virar de ponta cabeça. Então o ritmo mudou, aquecendo-me por dentro. O coração acelerado que parecia bater junto com o dela.

Tirei uma das mãos do corpo de Luiza e abri a porta do carro, obrigando-me a nos levar para casa.

— Entra. — Pedi, dando um passo para trás. — A gente precisa ir para casa.

Enquanto ela entrava, eu dei a volta. Demorei um pouco para tirar o carro da vaga porque havia pouco espaço e ela não me interrompeu, apenas ficou me olhando.

— Minha casa é mais perto — disse, quando eu consegui tirar o carro. — Apesar de estar uma bagunça, a cama está em perfeito estado.

— Sua casa, então.

Foi rápido, de verdade. Dez minutos e eu tinha meu carro parado em uma vaga quase em frente ao prédio dela.

No andar de cima, não nos demoramos. Eu gosto do fato de Luiza não perder tempo esperando. Quando ela quer, simplesmente toma uma atitude. Coloquei-a no colo assim que trancou a porta e fui no escuro mesmo, guiando-nos para o quarto. Tinha ido até ali uma única vez, quando deixei suas malas na sexta passada, mas minha memória fotográfica é boa.

Além dos sapatos de salto que eu puxei no meio do caminho, Luiza puxou a própria camisa por cima da cabeça. Cheguei mais vestido que ela no quarto, mas assim que a pus no chão, ela puxou a minha camisa. Realmente, a cama estava em perfeito estado, mas não ficou assim por muito tempo. Bagunçamos os lençóis, o quarto como um todo.

Estar com aquela mulher certamente seria a minha perdição. No ritmo em que meus sentimentos iam, eu não sei se ela conseguiria me acompanhar.

Se estava atraída por mim? Sim.

Se estava pronta para um relacionamento? Não faço ideia.

E esse era o meu maior medo, porque eu simplesmente não consigo parar os sentimentos, dar um fim a eles.

— Davi? — Levantei a cabeça para poder olhar para Luiza. Ela estava deitada no meu peito, acariciando meu corpo com suas mãos delicadas. — Eu não estou pronta para amar de novo.

Ah, cara. Era assunto sério. Mexi-me para que ela estivesse deitada no colchão e eu deitado de lado, encarando-a direito.

— Tudo bem. A gente não precisa ir por esse caminho agora.

— É que eu não quero te machucar, Davi. Eu não sei como as coisas estão indo para você, mas quero que saiba que não estou pronta para te amar agora.

Peguei uma das suas mãos e beijei. Fui subindo os beijos pelo braço lentamente.

— Vamos bem devagar, até você estar pronta. Se for para ser, vai acontecer — respondi logo que cheguei aos seus ombros. Então desci os beijos pelo seu colo, contornando seus seios. — Eu posso te esperar.

O momento acabou quando ela passou uma das pernas pela minha cintura. Usei minha boca por todo seu corpo, beijando, mordendo, chupando e lambendo. Debaixo de mim, ela se contorcia e me guiava. Ela não permitia que eu cuidasse do seu coração por enquanto, mas teria que permitir que eu cuidasse do seu corpo. Eu pretendia torná-la dependente dos meus toques, do jeito que fazíamos amor.

E eu não me via desistindo dela com facilidade. Como eu disse, eu poderia esperar.

O dia amanheceu e nenhum de nós quis levantar, mas as cortinas ficaram abertas. Fizemos amor debaixo do chuveiro, aquele sexo matinal que desperta cada célula do seu corpo.

— Que horas você marcou com o pai da sua amiga?

— Depois das 9h. Ele já deve estar para chegar. Por quê?

— Eu não vou embora, então. Vou ficar aqui e adiantar o que der, mas quero ir lá no carro pegar minha mochila para trocar de roupa, porque esses jeans estão me incomodando. Tudo bem para você?

— Se não fosse pelo pai da Amanda, eu diria com tranquilidade para você simplesmente ficar sem as calças.

Cuida do meu coração

Terminei de fechar o zíper e encarei uma Luiza que tinha um sorrisinho safado nos lábios.

— Você queria me ver trabalhar de cueca? — O sorriso se alargou e eu dei uma risada, me aproximando. — Hoje não, mas quem sabe em breve? — Beijei seus lábios calmamente. — Você me leva na porta?

Ela avisou ao porteiro pelo telefone que eu estava liberado para voltar, então minha ida ao carro não levou mais de dez minutos. O tempo que demorei para trocar as calças pela bermuda foi suficiente para o pai da amiga dela chegar. Arnaldo o nome dele e eu só conseguia pensar no cara do futebol. Nós tomamos café e comemos um pãozinho, então começamos a trabalhar nos móveis. Realmente, havia muito para ser feito no apartamento dela. Um quarto estava totalmente vazio e ela ainda não sabia o que fazer com ele. Era pequeno, foi vendido como "quarto da empregada". O banheiro tinha um banquinho de plástico improvisado no lugar de um armário. Um novo tinha chegado, mas nós combinamos que isso não era prioridade. A cozinha não tinha fogão, apenas um micro-ondas e uma geladeira. Os armários já estavam lá para serem montados. Outros eletrodomésticos estavam em caixas em um canto, porque a bancada onde ela pretendia colocá-los estava tomada por potinhos, pratos, copos. Não que ela tivesse muitos, apenas o necessário para sobreviver.

E não parava por aí. As partes mais críticas eram a sala e o quarto. Ela não tinha sofá, apenas um tapete e almofadas. Começamos por ele, já que era simples. Montamos também uma pequena mesa de jantar e duas prateleiras para fotos e eletrônicos. Depois, o quarto. Havia apenas a cama e uma mesa de bar onde ela guardava as roupas empilhadas. Providenciamos logo o guarda-roupa e a escrivaninha. Infelizmente, isso tomou boa parte do nosso dia. Arnaldo precisou ir embora, mas eu disse que ficaria mais um pouco e poderia adiantar outras coisas. Ele me orientou como montar o móvel do banheiro, depois eu fui ajudar Luiza a guardar as coisas. Extremamente cansados, nós nos esparramamos no sofá dela no final do dia para comer pizza.

— Finalmente esse apartamento começou a parecer uma casa de verdade — comentou.

— Agora só falta a cozinha e itens pessoais. Se for precisar de mim para terminar isso, é só me dizer.

Mas ela não disse, provavelmente porque não precisou.

Eu fui embora no dia seguinte, depois de termos ficado juntos mais uma noite. Quando cheguei em casa no domingo de manhã, Dog estava pronto para me matar. Ele provavelmente me odiava. Tirei o dia para levá-lo para passear e comprei um osso na intenção de agradá-lo. Ainda assim, tudo o que eu conseguia pensar era em Luiza e em seu dom de ser completamente evasiva quando não estava cara a cara com você.

Depois de ter dito que esperaria seu tempo, achei que ela entenderia a mensagem. Eu queria esperar ela estar pronta para amar de novo ao seu lado, não sendo ignorado por mensagens de texto.

Depois de tantas semanas pedindo que ela me desse uma data para sairmos novamente, além de não ter dado sorte de encontrá-la no prédio, o destino resolveu agir e me dar um presente.

Cuida do meu coração

Carol Dias

Décimo Capítulo

Luiza

QUINTA-FEIRA

Sábado eu queria ir a uma peça no Teatro Bradesco

Um dos meus músicos vai estar na banda

Quer ir comigo?

Sábado eu não posso

Tem um churras do pessoal da faculdade

Tudo bem, a gente pode ver outro dia

Quando você está livre?

Puts, não sei

To atolada com a faculdade pelas próximas semanas

Me avisa quando estiver livre que a gente marca

TERÇA-FEIRA

> Tem certeza que não consegue ir?

Desculpa, Davi

Manda um super beijo para a sua sobrinha

> Queria que você conhecesse minha família

Desculpa desculpa desculpa

A gente pode deixar para a próxima?

DOMINGO

aaaaaah que lindos!

Em que praia vocês estão?

> Aqui no Leblon mesmo, foi hoje cedo

> A galera ainda não tinha chegado, mas ela estava agitada em casa

Quando era criança, amava o meu aniversário, acordava todo mundo na casa para me darem parabéns

> hahahahahahahaha

Sempre gostei de ser o centro das atenções

Manda um beijo para essa princesinha e deseja feliz aniversário

> O convite ainda está de pé se você quiser fazer isso pessoalmente

> Vou deixar para a próxima

> Mas meu coração está partido por não poder estar com vocês

Vinte e quatro dias da minha contagem. Todos os dias que eu via a porta do elevador se fechar e não tinha encontrado Davi pelo caminho, eu relaxava. Claro, até o momento em que eu precisava sair do escritório de novo.

Não era muito racional fugir dele desse jeito, mas o que eu podia fazer? Eu tinha uma lista interminável de motivos pelos quais criar uma conexão com ele era perigoso. Já bastam todas as mensagens que trocamos nas últimas semanas.

Dei-me conta depois de um tempo sem o elevador se mover que eu não tinha apertado o andar para onde eu deveria ir. No momento em que o fiz, o elevador estalou e eu ouvi o barulho das portas se abrirem.

Puta que pariu. E se fosse Davi?

A gente não se via desde o primeiro final de semana do mês, quando ele me ajudou com a mudança. Eu estava sendo bem-sucedida em fugir dele, mas parece que isso acabou, porque realmente quem entrou no elevador foi ele.

— Luiza? — perguntou, um sorriso estranho brotando no rosto.

Esse era o meu medo. Os sentimentos de Davi ficavam explícitos com facilidade no rosto dele, nos olhos. Eu podia ver que ele se importava comigo, que estava desenvolvendo algo por mim. Então eu me afastei, porque sabia que não podia retribuir agora. Tudo bem que ele disse que iria esperar, mas não sei se eu quero, não sei se eu consigo.

— Oi, Davi. — Sorri também, mas não sabia se tinha soado sincero. — Tudo bem?

— Acho que essa é a única maneira de nós nos encontrarmos, não é mesmo?

— Esse elevador gosta da gente — comentou.

Cuida do meu coração

E então um barulho estranho aconteceu. Um solavanco, que nos fez segurar as paredes. O elevador parou, a luz apagou.

Ah, merda.

Davi

A gente cansa, né? Chega uma hora que mandar mensagens, ligar, puxar assunto é demais. Você aceita que está incomodando, sendo um estorvo para aquela pessoa.

Por mais que você goste de alguém, tenha interesse, não dá para lutar por um relacionamento sozinho. Se a outra pessoa não quer ter nada com você, é melhor não insistir.

Isso é normal em mim, sabe? Eu tenho esse costume de me apegar rápido a alguém, mais rápido do que ela se apega a mim. É a minha sina, eu já aceitei. Foram algumas as situações em que eu insisti em algo com alguém, mas descobri que era um esforço perdido.

Daniel diz que eu sinto demais. Nos assuntos do coração, meu irmão sempre foi sério. Ele nunca brincou em relacionamentos e quando começou a sair com a minha cunhada, foi definitivo. A gente soube no momento em que ele a trouxe em casa que aquele relacionamento era para durar. Comigo as coisas nunca funcionaram de forma tão direta. Várias vezes eu pensei comigo mesmo: "essa é a mulher certa, agora é a minha vez". Só que nunca funcionou. Por um tempo, elas foram as mulheres certas, mas logo em seguida se tornaram completamente erradas.

Aconteceu algo assim com Luiza. Acho que toda a dor que eu a vi passar com os pais dela fez com que eu criasse uma conexão. Estranha, sem sentido, mas toda nossa. Toda minha, na verdade. Acho que a conexão foi unilateral.

A gente transou. Eu montei uns móveis. Ela me ignorou. Esses são os fatos.

Tudo o que aconteceu no meio do caminho, os sentimentos, as expectativas... Foi tudo coisa da minha cabeça. Porque a verdade é essa: quem quer fazer funcionar, não inventa desculpas. Quem tem interesse, encontra oportunidades.

É por isso que a surpresa de vê-la no elevador veio com uma pontada de decepção. Depois de um tempo, eu acabei desejando não encontrá-la mais no prédio. Quis passar mais um ano e meio sem esbarrar nos elevadores nem nada do tipo. Até que chegássemos a um nível de passarmos um pelo outro na rua e não nos reconhecermos.

O cumprimento que ela me deu foi totalmente sem graça. Era fácil de observar na expressão corporal dela que me ver a deixou incomodada. E eu esperava que estivesse se sentindo assim mesmo. Algo que aprendi com meu irmão foi ser honesto. Se você não está interessado na pessoa, diga. Não alimente esperanças que não devem existir. Não quer corresponder? Tudo bem. Só não deixe a outra pessoa no limbo.

Só que as coisas acabaram ficando mais complicadas. O elevador sacolejou e a luz apagou.

— Puta que pariu — escapou dos meus lábios.

— Isso é sério? Estamos presos?

Puxei o celular do bolso e procurei a lanterna. Eu precisava mesmo responder a uma pergunta tão redundante?

— Parece que sim.

Encontrei no painel o botão do elevador para chamar a emergência. Agora é esperar.

— E o que a gente faz? Fica aqui esperando até alguém se dar conta de que estamos trancados em um elevador?

Encarei-a, tentando ficar calmo e não mandá-la calar a boca.

— Luiza, você é claustrofóbica?

Virei a luz da lanterna para tentar ler sua expressão. Ela me encarava, o rosto completamente franzido.

— Não sou. Eu estou parecendo claustrofóbica?

— Você parece nervosa. Não parou de fazer perguntas, em sua maioria redundantes. Estamos presos em um elevador, uma situação que costuma despertar a claustrofobia nas pessoas. — Encostei-me na parede e deixei meu corpo escorregar até o chão. Deixei o celular no chão e

Cuida do meu coração

99

virei a lanterna para que iluminasse o ambiente. — Só quero saber se vou precisar acalmar você ou é só um nervosismo normal.

— Por que você está tão calmo? Nós estamos presos dentro de um elevador!

— Sim. E eu já apertei o botão de emergência. Logo o telefone que tem aqui dentro vai tocar e alguém vai aparecer, ver que estamos parados. Então vão chamar um técnico ou os bombeiros. Vão nos tirar daqui.

— Você já ficou preso no elevador antes? — Ela me seguiu, sentando-se na parede dos fundos do elevador, à minha direita.

— Sim, duas vezes. Uma delas foi aqui mesmo.

— Ah.

Não sei se isso a tranquilizou ou não, mas eu não me importava.

A quem eu quero enganar? Eu estava ferido por ter sido feito de palhaço por tanto tempo, mas eu me importava sim. Tudo o que eu queria agora era abraçá-la, tranquilizá-la. Resolver a nossa situação de uma vez por todas. Dar um fim ou recomeçar o que mal teve início.

Acabamos entrando em um silêncio por um tempo. Após cerca de dez minutos, ouço o barulho de um telefone. Estico o braço até o encontrar e atendo.

— Oi, aqui é o Otávio da portaria. Vocês estão presos?

— Oi, seu Otávio. É o Davi do 308. Estamos presos aqui dentro.

— Ih, filho. Tem gente aí com você?

— Sim, a Luiza.

— É Luiza o nome da moça que passou antes de você aqui na portaria? Ela é super educada, mas nunca perguntei o nome porque não queria que ela me achasse intrometido. E ela está sempre com pressa, eu fico com medo de incomodar...

— Seu Otávio! — Chamei a atenção dele, não aguentando segurar uma risada no final. O homem ama bater um papo. — A gente pode conversar depois que nos tirarem de dentro do elevador?

— Ô, meu garoto, desculpa. Você se lembra do procedimento, né? Agora que eu sei que vocês estão em dois, vou chamar o técnico para resgatá-los. A moça não está passando mal, não é?

Olhei para Luiza, a lanterna do meu celular permitindo que eu visse seu rosto. Afastei o telefone da boca.

100

— Você está bem? — perguntei a ela. — Está se sentindo mal por estar aqui? — Ela apenas negou, não disse nada. É, bem ela não estava.

— Não está, seu Otávio. Ela só está um pouquinho nervosa. Se puder dar uma apressada no técnico.

Nós nos despedimos com ele prometendo que nos manteria atualizados.

Mantivemos o silêncio por mais um tempo, até que eu não aguentei mais ficar calado e simplesmente perguntei.

102

Carol Dias

Motivos pelos quais ficar com Davi não é uma boa ideia

Lista por Luiza Monteiro

1. Ainda estou ferida pelo término com Rubens;

2. Estou me recuperando da morte dos meus pais e sinto falta deles todos os dias;

3. Davi sente demais, é romântico demais, não vai saber separar algo casual de um relacionamento;

4. Davi já estava se apegando a mim e querendo algo sério;

5. Davi queria me apresentar à família dele;

6. Quero aproveitar um pouco a minha solteirice;

7. Quero ter mais tempo para mim;

8. Davi tem seus defeitos, mas é o tipo de cara com quem toda mulher sonha;

9. Eu tive vários sonhos reais com Davi desde que nos conhecemos. Alguns deles proibidos para menores de 18 anos;

10. Pode ser que, talvez, eu já esteja sentindo alguma coisa muito perigosa por ele.

Cuida do meu coração

104

Carol Dias

Décimo Primeiro Capítulo

Davi

— Por que você está me ignorando?

Assim, direto. Tirar o *band-aid* de uma vez para ver se dói menos.

— Eu não estou te ignorando — respondeu, após algum tempo. Estava completamente na defensiva. — Respondo todas as suas mensagens.

— Ok, eu vou refazer a pergunta. Por que você está me evitando?

Ela soltou a respiração de uma só vez.

— Certo, agora você me pegou.

— Seja sincera, Lu. Não precisa mentir nem se esquivar de mim. Eu prefiro que você simplesmente diga que não está a fim e…

— Não vou ficar fazendo joguinhos, Davi — cortou-me. — Você está certo. A verdade é bem simples até. Eu não estou pronta. Com tudo o que aconteceu na minha vida, eu não quero começar um relacionamento agora.

— Mas, Lu, eu não te cobrei um relacionamento. Se você se sentiu pressionada a isso, eu peço desculpas, mas não era a minha intenção. Eu sei que você não está pronta agora, com tudo o que aconteceu.

— Você é transparente demais, Davi. Não me cobrou um relacionamento com palavras, mas estava no seu rosto o tempo inteiro que você queria algo sério. Que você quer algo sério. Só que eu não posso te dar isso agora. Não quero que você se machuque, porque você é um cara incrível. Não merece ter que lidar comigo mais do que está lidando.

— Luiza, na boa. Você está se preocupando em não me machucar, mas quem tem que pensar nisso sou eu. Eu agradeço por tentar cuidar de mim e pela sinceridade, mas eu sou grandinho.

— Mas você conseguiria lidar com zero comprometimento? No nível de eu poder sair e ficar com outros caras?

— Desde que haja respeito, Lu. Se nós estivermos juntos em um lugar...

— Sim, claro. Se eu estou com você, é só com você. — Ela suspirou e se mexeu, vindo na minha direção e sentando ao meu lado. — Não é para sempre, eu acho. — Entrelaçou a mão na minha. — Só quero curtir a minha solteirice enquanto remendo meu coração.

— Você acha que, no futuro, pode rolar alguma coisa entre a gente ou sua falta de interesse em um relacionamento comigo é permanente?

— Davi... — ela falou devagar e virou-se de frente para a parede, assim estávamos nos olhando de frente. — Você é o sonho de consumo de qualquer mulher em sã consciência. É inteligente, carinhoso, gato e tem um coração incrível. Claro que eu acho que pode rolar algo entre a gente, eu estou muito interessada em você. Eu só não quero que aconteça agora, porque eu sei que vou partir seu coração.

— Eu vou esperar você, Lu. Vou respeitar seu tempo e não vou te pressionar. Só que eu vou usar artilharia pesada para te conquistar, porque uma coisa que você falou é verdade. Posso não estar apaixonado por você, mas certamente me importo e quero que você me dê uma chance.

— Artilharia pesada, é? — Levava um meio sorriso no rosto.

— Você não perde por esperar, mulher.

Deixei a mão subir pela coxa direita dela, que estava ao lado do meu corpo. Debrucei-me sobre a outra mão, apoiando no chão. Puxei a perna que acariciava para cima das minhas e aproximei meu rosto. Rocei o nariz na bochecha dela lentamente e fui descendo, até minha boca encontrar seu pescoço.

— Hm, a artilharia pesada ainda vem? Ou você acha que só uns beijinhos vão me conquistar?

Lendo, você pensaria que ela estava imune, mas não era isso que o corpo dela dizia. Até a própria voz a denunciou: rouca, baixa, segurando um gemido. A respiração já estava descompassada e o pescoço tinha caído para o lado, um convite claro para que eu prosseguisse. Puxei-a pelas pernas para se sentar no meu colo. Meus beijos no pescoço encontraram outro caminho, um que seguiu pelo seu colo exposto.

Senti as unhas de Luiza arranhando minha nuca. Ela entrelaçou os dedos nos meus cabelos e puxou. Guiou-me para o vale entre os seus seios e eu entendi o recado com facilidade. Ela usava uma blusa de manga com um decote redondo e eu não quis estragá-la, porque era muito bonita, então puxei-a por cima de sua cabeça. Em seguida, desci uma das alças do seu sutiã. Bem nessa hora, o interfone tocou.

— Atende — falei, não deixando espaço na voz para que ela negasse. Estava na linha tênue entre o pedido e a ordem.

— Oi. — Continuei fazendo meu trabalho enquanto ela falava. A artilharia pesada tinha chegado. — Sim, a Luiza. — Sua voz cortou no final, pois foi no exato momento em que minha língua tocou seu mamilo. Comecei a descer a outra alça do sutiã. — Estamos bem sim, podemos esperar. — Peguei sua mão livre e guiei-a para tocar seu seio. Vi quando ela engoliu em seco. Meus movimentos eram lentos, mas precisos. Calmos, mas calculados para desestabilizá-la. — Obrigada, seu Otávio. — Luiza desligou. — Davi, eu não acredito que a gente vai fazer sexo no elevador — disse e soltou um gemido em seguida.

— Que bom que você não acredita, porque nós não vamos. — Puxei o sutiã dela para cima, mas continuei distribuindo beijos pelo seu colo. Minhas mãos passeando pelo seu corpo, mesmo que em um ritmo mais lento. — Eu não tenho camisinha.

— Ugh, era a oportunidade perfeita — lamentou.

— Você tem fetiche de elevador, Lu? — Ela apenas balançou a cabeça, assentindo. Por dentro, eu ri e somei o primeiro ponto para mim. — Então eu pelo menos vou te fazer gozar.

Segurei sua cintura e nos levantei um pouco, ficando de joelhos. Então a deitei no chão calmamente e mostrei a ela uma das armas mais poderosas do meu arsenal.

Cuida do meu coração   107

O que eu faria Luiza entender nas próximas semanas era que eu não estava falando de sexo, beijos e toque quando disse que usaria artilharia pesada. Eu já tinha entrado nas calças daquela mulher no nosso primeiro encontro e não ia tentar conquistá-la para transar. Também, mas não só para isso. A minha meta com a artilharia pesada era o coração. Dar a ela o que ela precisava, estar junto, ser um bom amigo. Fazê-la rir e esquecer Rubens de vez. Ajudá-la no processo de aceitar a perda dos pais. Levá-la para sair, conhecer minha família e amigos. Não rastejar por atenção, mas fazer com que a minha presença — física ou virtual — seja rotina.

    Ela estaria pronta para um relacionamento antes mesmo que piscasse.

    Luiza me contou, depois de ter se recuperado de um orgasmo violento no chão do elevador, que o seu Otávio já tinha acionado o técnico e ele estava a caminho. O porteiro não tinha dito exatamente onde era o "a caminho", mas tudo bem. Eu me deitei no chão ao lado dela, que se vestiu por medo de o elevador "subitamente voltar a funcionar e as pessoas a verem praticamente nua lá dentro". Em seguida, mandamos mensagens para as pessoas dos nossos locais de trabalho.

— A droga do áudio da minha chefe não carrega de jeito nenhum.

— É o elevador, Lu.

— Mas eu mandei mensagem de texto e ela foi.

— O sinal nem sempre é bom. Mensagem deve exigir menos do seu 4G.

    Luiza mandou outra mensagem dizendo que não conseguia baixar o áudio de jeito nenhum, mas ela leu e não respondeu.

— Ela odeia que eu demore a voltar do almoço. Da última vez que eu me atrasei dez minutos, ela quase teve um filho. Nós já estamos aqui há meia hora?

— Uma hora — respondi, após olhar no relógio. O tempo estava passando rápido.

— Não duvido que eu volte para o escritório e ela me mande passar no RH.

— Como anda o seu TCC? — perguntei, porque lembrava bem que eu tinha ficado de ajudá-la com as entrevistas.

— Não anda. Estou com aquele mesmo problema das entrevistas. Consegui algumas, mas minha orientadora não gostou da forma como eu conduzi e acha que eu preciso falar com pessoas que tenham mais experiência.

— A oferta de eu indicar pessoas permanece de pé.

— Essa minha bobagem de evitar você me atrapalhou até nisso. Fui orgulhosa demais para te pedir ajuda.

— Felizmente para você, eu não guardo rancor. Quer começar agora? Diz o que você precisa e eu mando mensagem para minha agenda de contatos.

Luiza puxou o celular do bolso e começou a me explicar o perfil das pessoas que ela queria entrevistar. Mandei mensagem para uns cinco amigos meus, dois deles responderam que sim na mesma hora. Ela ficou toda feliz com a notícia e beijou-me para agradecer.

O telefone tocou de novo quando já estávamos lá há duas horas. Era seu Otávio, para avisar que o técnico não demoraria muito mais para chegar. Pediu desculpas, disse que se soubesse que o cara levaria tanto tempo para vir, teria chamado o Corpo de Bombeiros. Não quis comentar que ele tinha dito a mesma coisa da última vez que fiquei preso.

— Sinceramente, nunca mais ando de elevador nesse prédio. Eu sei que pode acontecer em qualquer lugar, mas se eu estivesse aqui sozinha já teria surtado.

— Da última vez, eu estava sozinho. Matei uma temporada inteira de Stranger Things que estava no meu celular e eu não tinha arrumado tempo para assistir.

— Você assistiu oito episódios de 50 minutos? Ficou praticamente oito horas dentro do elevador.

— Ah, não. Eu tinha visto, sei lá, o primeiro episódio e fiquei devendo um e meio.

— Ah, sim, mas entendi seu ponto. Se fosse eu, tinha saído daqui e ido montar minha empresa em outro prédio.

— Queria que fosse fácil assim. Estou tentando mudar para um

Cuida do meu coração

lugar maior, mas tem sido complicado.

— Onde você está é pequeno?

— Sim. Foi o suficiente até agora, mas meus planos para esse ano são expandir o estúdio. Fazer de lá um lugar de convivência para músicos e profissionais do ramo. Pensei em um milhão de coisas, mas não consigo realizar isso em uma sala tão pequena quanto a minha.

— O que falta para você mudar de sala?

— Encontrar o lugar certo com um preço que eu possa pagar, mas acho que estou sendo seletivo demais. — Deixo a frustração sobre esse assunto me tomar. — Recentemente tentei comprar a sala ao lado da minha e até sonhei com o que faria no lugar, mas não deu certo.

— Eu vou te ajudar com isso. Tem um cara da minha sala que faz estágio em uma imobiliária. Ele é meio esnobe às vezes, mas vai servir para isso. Diz para mim o que você está procurando.

Inspirei mais ar do que meus pulmões suportavam. Falar sobre meus planos para o estúdio era algo que nunca ficaria cansativo para mim. Contei sobre as minhas ideias, sobre a conversa que tive com Tiago, namorado da Thainá. Do quanto estava otimista de que esse ano seria incrível, melhor ainda se conseguisse realizar o que planejei, mas o fato de não conseguir um espaço estava me deixando mais frustrado do que qualquer outra coisa.

Quando um total de três horas já tinha passado, ouvimos barulhos acima de nós.

— É agora que esse troço começa a se mexer e a gente morre? — perguntou, sentando apressada ao meu lado. Passou o braço pelo meu e deitou a cabeça na curva do meu ombro.

— Oi — uma voz gritou lá de cima. — É o técnico. Vocês me escutam?

— Sim! — Luiza gritou de volta, estendendo o "i" até não aguentar mais.

— Ótimo! O conserto vai demorar mais do que o esperado, vamos precisar comprar peças novas. Vocês estão presos entre o segundo e o terceiro andar, mas tem espaço suficiente para saírem pela porta. Eu vou preparar aqui para tirá-los. Tudo bem?

Ficamos de pé e o próximo barulho que ouvimos foi de uma porta se abrindo. Em seguida, foi a vez da porta do elevador. Ele nos ajudou a sair de lá e vimos uma porção de gente curiosa no corredor. Minha equipe inclusive. Todos estavam curiosos para saber se estávamos bem, se tínhamos nos ferido. Carla veio lá de dentro correndo com água para nós.

Faltava bem pouco para o horário dela terminar, mas ela voltou para o trabalho. Queria saber se a chefe já a demitira ou não. Prometeu que daria uma passada aqui no estúdio depois para conhecer com calma. Da vez em que me esperou para sairmos, ficou só na recepção.

Assim que ela saiu, minha equipe ficou perturbando para saber o que nós tínhamos ficado fazendo lá dentro e se tínhamos feito algo indecente. Mandei todo mundo ir tomar naquele lugar e entrei na minha sala.

Tinha visto Luiza acenar da ponta da escada e o sorriso que ela me deu fez minha mente viajar, frases se formaram na minha mente. Agora eu só queria colocá-las no papel antes que esquecesse.

Cuida do meu coração

Carol Dias

Décimo Segundo Capítulo

Davi

— Dia, chefinho — Carla diz assim que abro a porta.

Estou olhando minhas mensagens no WhatsApp e ignorando uma em particular. Abro uma do meu irmão e murmuro um "bom dia" no automático. Ele quer saber se vou aparecer esse fim de semana para o jogo, mas não estou com muita vontade. Futebol é coisa dele. Respondo que vou ver com Luiza e confirmo. Ela manda mensagem na mesma hora dizendo que entrou na sala dela. Acho engraçado, porque acabamos de nos despedir, mas é bom porque aproveito para falar sobre o convite do meu irmão. Não é de hoje que quero levá-la para conhecer minha família. Digito que ele vai fazer um churrasco para assistir à primeira rodada do Brasileirão e pergunto se ela quer ir junto. Ela está online, mas não visualiza. Espero alguns minutos, parado na bancada da recepção. Sinto o olhar de Carla sobre mim, mas vou continuar esperando uma resposta de Luiza, afinal, ela está online.

Ela fica off-line. Não ganho resposta nenhuma.

— Ficar encarando esse celular por uma hora não vai fazer a mimada responder sua mensagem — Carla comenta e levanto o olhar.

Travo o celular e guardo no bolso.

— Ela não é mimada, Carla.

— É, você continua dizendo isso, mas eu continuo não acreditando. Só tem duas palavras que definem essa garota, Davi: mimada e imatura.

— Ela tem 23.

— Mas parece ter 15, primeiro relacionamento. Não quer nada sério com você, mas me olha torto toda vez que entra aqui e eu estou perto. Já disse a ela que eu sou lésbica? E que mesmo que não fosse, não durmo com colegas de trabalho?

— Ela diz que não tem ciúmes e que eu posso ficar com outras pessoas, se eu quiser.

— E você acreditou, bobinho? — Carla toca minha bochecha e a afaga, como se eu fosse uma criança inocente. — Achei que você conhecia a Linguagem Internacional Feminina que possui um manual longo, de complexo entendimento e que, na cláusula 529, diz: "toda vez que uma mulher disser que não está com ciúmes e que você pode ficar com outras pessoas, ela está mentindo".

— Eu odeio o fato de vocês mulheres dizerem uma coisa quando querem que a gente faça outra diferente.

Ela deu de ombros, como se dissesse que não é problema dela.

— É melhor você trabalhar, chefe. Quando essa garota der um pé na sua bunda, pelo menos você vai continuar rico.

Respiro fundo, desistindo de argumentar com ela. Não vai nos levar a nada.

— Vai, Carla. Passa as tarefas do dia.

— Vanessa vai voltar depois do almoço para finalizar as coisas que vocês estão gravando. Você pediu para te passar aqueles relatórios de vendas e eu compartilhei a pasta com você por e-mail. À noite, você marcou com aquela dupla de vir conhecer o estúdio. E chegaram algumas demos para você ouvir.

— Ok, vou começar com os relatórios. Qualquer coisa passa a ligação.

Passei a manhã inteira trabalhando nisso. Eu não era muito um cara de planilhas, mas eu definitivamente estava recebendo menos do que deveria. Alguma gravadora estava me repassando valores errados e eu precisava descobrir quem. Geralmente, era um escritório de contabilidade que via isso para mim, mas meu contrato terminou em abril e eu não quis renovar, porque estava tentando juntar grana para um lugar novo e eles aumentaram o valor do contrato. Essas coisas nunca acontecem com a gente, você fica anos recebendo corretamente e pagando profissionais sem necessidade. É justamente quando tomamos esse tipo de decisão, de cortar algo do orçamento, que a merda explode.

Luiza responde minha mensagem na hora do almoço com um simples "legal, vamos combinar de ir porque quero apertar sua sobrinha". Sinto vontade de mostrar à Carla para fazê-la ver que Luiza não é uma mimada imatura, mas sei que ela vai arrumar alguma coisa para criticar, então permaneço na minha. Vanessa entra na minha sala como um furacão, deixando um lanche do McDonald's em cima da mesa.

— Eu sei, você vai querer me matar, mas eu não dou a mínima para aquela música idiota em que estivemos trabalhando para fechar o CD, porque eu acabei de compor o maior sucesso da minha carreira até agora e eu não me importo com mais nenhuma faixa desde que essa esteja lá.

Ela se senta na cadeira na frente da minha mesa, um sorriso de ponta a ponta do rosto dela. Começo a rir de sua empolgação e abro a embalagem do lanche.

— Vai, quero ouvir.

Depois que ela toca, eu concordo. A faixa tem muita chance de virar *hit*, um grande *hit*. Vamos começar a trabalhar na música, e, enquanto Vanessa se afasta para ir ao banheiro, ligo para Luiza.

— Oi, você — responde baixinho, como sempre faz quando eu ligo e ela está no trabalho. A mesa da chefe dela é bem em frente.

— Dá um jeito de sair daí e vir aqui agora.

— Davi, não posso. O que houve?

— Só vem, Lu. Você vai sair daí esse mês mesmo.

— Que se dane, não vão me contratar.

— Vem rápido.

Desligo e volto para a sala de controle. Além da aparelhagem, a sala tem um sofá extremamente confortável onde os artistas costumam se sentar para trabalhar nas faixas antes de entrarem para gravar. Vanessa vem e senta lá, com o violão no colo. Eu giro a cadeira na direção dela e peço para ela tocar enquanto anoto algumas coisas. Quando preciso

Cuida do meu coração 115

pensar no arranjo de uma música, gosto de escrever tudo em uma folha branca. É isso que estou fazendo quando alguém bate à porta.

— Davi?

É Luiza. Ela me vê, mas não vê Vanessa. Faço sinal para que ela entre.

— Oi, Lu.

— Trouxe seu café. — Ela me estende um copo da Starbucks, que tem "Luiza" escrito.

Seguro e ele está pela metade. Cheiro, mas não é o meu Latte de sempre. Tem cheiro de chocolate e deve ser o Frappuccino que ela gosta de tomar.

— Obrigado, querida. Deixa eu aproveitar que você veio e te apresentar para a Vanessa.

Vejo seus olhos se arregalarem no momento em que digo isso e ela se virar para o sofá, onde Vanessa está sentada. A cantora põe o violão de lado e se levanta.

— Va-va-vanessa! — diz embasbacada.

— Vanessa, essa é a Luiza. Luiza, Vanessa.

— Prazer, Luiza. — Ela puxa Lu para um abraço rápido.

Elas trocam algumas palavras em que Lu diz que é fã dela e ama as músicas tal, tal e tal. Fico me segurando para não rir, porque essa é mais uma das minhas armas pesadas. No último mês, enquanto estivemos juntos, usei algumas delas. Levei-a para conhecer alguns lugares legais no Rio, saímos para restaurantes, cinema, fui um cavalheiro. Respeitei o espaço dela, mas me fiz presente. Usei o sexo também, é claro, mas acho que estava sendo bem-sucedido na minha missão de mostrar que também somos um casal muito bom fora de quatro paredes.

Gostaria de ter descoberto a paixão dela pelas músicas da Vanessa antes, mas tudo bem, porque foi antes de ela ter finalizado o CD. Estava planejando o momento em que apresentaria as duas há dias.

— Eu preciso voltar, Davi. A gente se vê mais tarde?

— A gente não tem horário para sair daqui hoje, se quiser passar aqui antes de ir para a faculdade.

— Eu passo. — Ela me deu um selinho rápido e piscou, então saiu acenando para Vanessa.

Quando ela deveria estar a uma distância segura, Vanessa começou a rir. E passou uns bons cinco minutos fazendo isso.

— Eu não acredito que você acabou de me usar para ganhar pontos com a sua namorada. Eu não acredito que você tem uma namorada — disse e voltou a rir.

— Ela não é minha namorada…

— Mas você não esconde que me usou para ganhar pontos com ela. Eu falo o que?

— Desculpa, Vanessa, se ultrapassei algum limite.

— Desculpo, claro, depois que você me contar o que está acontecendo entre vocês.

— É complicado.

— As histórias de amor mais bonitas costumam ser complicadas.

— Ela passou por algumas coisas recentemente. Um noivo que a traiu, a perda repentina do pai e da mãe… Disse para mim que não quer um relacionamento sério, mas eu fico aqui marcando o território para quando ela quiser.

— E será que você não tem outro concorrente por aí marcando território também?

Parei para pensar. Não é o tipo de coisa que Luiza faria, eu acho. Não seria traição, porque não temos um relacionamento, afinal.

— Acho que não — dei voz aos meus pensamentos. — Ela mal consegue lidar comigo atrás dela, não sei se ia esconder se tivesse outro à espreita.

— Meu amor, mulher é um bicho poderoso para esconder isso. Vocês homens não sabem trair, mas se a gente tiver que fazer isso, vai ser com maestria.

Mais uma vez precisei dar voz aos meus pensamentos.

— Não é traição, porque não estamos em um relacionamento.

— Traduzindo: não é traição, porque ela está te fazendo de trouxa.

— Por que vocês mulheres estão tentando colocar água no meu relacionamento com a Luiza?

— Eu não estou tentando colocar água. Só estou falando o que vi aqui.

— O que você viu? Esclareça para mim, por favor.

— Você tentando agradar uma garota porque está com os quatro pneus arriados por ela. Só que a moça está emocionalmente indisponível e vai te usar até o coração dela se curar. Se você der sorte, ele vai se curar para amar o seu. O problema é que você sempre foi meio azarado, né, Davi?

Resolvi mudar de assunto antes que ela dissesse algo pior.

Voltamos a trabalhar no que importa. Ela entrou no estúdio para gravar a primeira versão da faixa. Eu gostava de trabalhar assim. Primeiro, voz e violão. Depois, eu mostrava aos músicos que estivessem na faixa o que queria que eles fizessem. Tinha chamado alguns dos meus e ela completou com alguns dela de confiança. Deixamos para trabalhar os vocais em outro dia, mas conseguimos gravar o bruto dos instrumentos. Agora ia faltar apenas o ajuste fino.

Em algum ponto de tudo aquilo, Luiza veio do estágio e disse que a orientadora dela pediu que enviasse o material por e-mail, então ela nem foi para a faculdade. Ficou no meu escritório trabalhando em algumas coisas que eu tinha passado para ela do estúdio. Daniel costuma cuidar de toda essa parte no escritório, mas ele estava com muitos casos e eu resolvi passar coisas menores para Luiza ver. Eram contratos simples que deveriam ser redigidos, o que ela fazia muito bem. Além de ser uma grana extra para ela, serviria como experiência. O que cairia como uma luva agora, já que o contrato no estágio acabaria e ela seria demitida.

Quando demos a noite por encerrada, lá pelas oito, Luiza sentou no meu sofá e esperou todo mundo ir embora.

— Tem uma coisa que eu estou esperando a noite inteira para te mostrar. Você veio de carro hoje?

— Não, mas a gente pode pegar um Uber se você quiser.

Tentei ler no seu rosto o que ela queria que eu visse, mas foi difícil. Lu estava sorrindo como uma criança abrindo presentes de aniversário.

— Vamos, então.

Décimo Terceiro Capítulo

Davi

    O Uber nos deixa em um endereço na Urca. É uma rua residencial, bem perto do Pão de Açúcar. Descemos e Luiza me puxa pela mão até uma casa de arquitetura antiga, longe de estar conservada. Ela grita por "Marcos" e ouvimos alguém pedir para esperar.

— Já está na hora de eu saber o que a gente veio fazer aqui? — pergunto enquanto esperamos.

— Tenha paciência, jovem Padawan.

Um cara sai de dentro da casa, usando calça e blusa social.

— Hey, Lu! — diz e sorri. Abre o portãozinho.

— Oi, Marquinhos! — Ela passa primeiro e o cumprimenta com os costumeiros dois beijinhos.

— Você deve ser Davi, o produtor — ele diz, estendendo a mão.

— Sim, sou eu. Desculpa, mas não sei quem você é. Luiza resolveu manter segredo sobre tudo. — Aperto a mão dele, que solta uma risada.

— Ela me disse que queria fazer surpresa. — Ele estende a chave na nossa direção. — Devolve amanhã na aula?

— Claro, sem falta. Obrigada, Marquinhos.

— Por nada. Espero que vocês gostem.

Nós nos despedimos e o cara vai embora. Luiza tranca o portão com a chave e me puxa. Começo a reparar no ambiente. Tudo lembra casa de vó e quase posso ver a minha sentada em uma cadeira de balanço na varanda. Há um pequeno jardim ali na frente, mas está mal cuidado. O piso é de azulejos, que também não parecem ter sido limpos há um bom tempo.

— Você vai reparar que a casa parece estar caindo aos pedaços, mas Marcos me contou que a imobiliária acabou de comprar o imóvel e ia começar uma obra antes de colocar em oferta. Mesmo com todos os contras, eu consegui ver um monte de prós, então deixa eu mostrar. Pensei em acabar com o jardim e colocá-lo no corredor. Vai ficar bonito para ver de dentro da casa e você ganha esse espaço da frente para duas vagas de carro.

Assinto, tentando entender aonde exatamente ela quer chegar com tantos planos.

— Esses seus planos todos são para...?

Ela me encara, as mãos na cintura. Seu rosto denuncia que ela me acha meio idiota por não saber.

— Eu conheço um cara que está procurando um lugar novo para o estúdio há eras, mas é cheio de exigências e nunca consegue comprar exatamente o que idealizou. Como eu sou uma garota inteligente, encontrei o lugar perfeito, mas que é o total oposto do que ele estava procurando e estou tentando convencê-lo de que é uma boa ideia.

— Essa é boa. Estou esperando para ser convencido.

— Você já foi convencido, Davi. Quando eu terminar de te mostrar essa casa, você vai chorar e assinar a documentação sem ver o preço. — Começo a rir, sabendo que ela é capaz disso. — Sua sorte é que eu negociei um valor incrível para você. Agora vamos.

Eu a sigo para a entrada da casa. Damos de cara com um cômodo amplo, totalmente vazio. Na direita, há uma porta e um corredor, mas ela para.

— Aqui seria a recepção — digo, constatando o óbvio.

— Sim, a recepção. A verdade é que pelo fato de a casa ser muito velha, eu pensei em talvez demolir tudo e construir do zero. A divisão da casa é ruim para os espaços que você precisa. Eu pedi a planta do lugar, mas ainda não tive tempo de olhar. Marcos disse que deixaria aqui, então a gente pode ver. Tinha pensado em quebrar as paredes para redistribuir tudo. Enfim, o que você acha?

— Realmente, talvez seja melhor se a gente puder fazer os cômodos do nosso jeito.

— Então é assim que eu vou te mostrar essa casa.

Ela abre a porta que dá para o outro cômodo e começa a me dizer o que pensou dentro do que eu tinha dito a ela. Que paredes derrubar, com que tipos de móveis decorar. Realmente, quando ela terminou, eu não conseguia imaginar um lugar melhor para o meu estúdio. Gostaria de ter pensado em uma casa antes, mas esse tipo de ideia genial não costuma vir de mim.

Sentamos no chão do último cômodo, que deve ter sido uma cozinha, já que ainda havia uma pia de tijolos lá. Marcos, o tal amigo dela da faculdade que trabalha em uma imobiliária, tinha deixado os papéis em uma pasta lá em cima da pia. Analisamos as plantas, mas eu pouco entendia disso e precisaria consultar um engenheiro para entender o que a gente podia destruir ou não. De qualquer jeito, não importava qual fosse o plano, eu ia comprar aquela casa. Além de ter me apaixonado pelo lugar, o valor estava bem mais em conta do que qualquer sala comercial que eu tentasse pagar.

— Será que eu posso ficar com esses papéis? Eu queria muito mostrar tudo isso para a minha contadora.

— Aquela que você demitiu? — Luiza comentou, lembrando-me da burrice que eu fiz.

— Lu, por que eu sou tão idiota e tomo decisões mais idiotas ainda?

Ela ri da minha cara e eu fico pensando no que fazer. O reajuste pedido pela antiga empresa de contabilidade era muito acima do que eu poderia pagar.

— Contrata alguém, Davi. Você está crescendo e vai precisar de um pequeno setor administrativo. Ok, seu irmão cuida da parte jurídica da empresa, então você não precisa de ninguém da área, mas pode pegar algum estagiário de administração para te ajudar com a papelada enorme que você tem no estúdio, um profissional de Ciências Contábeis para ajudar com os números e para você não perder dinheiro. Só você e Carla não vão dar conta das coisas para sempre. Além disso, com mais músicos te procurando, você vai precisar se dedicar mais às faixas e menos a essa parte burocrática.

— Eu estou com medo de sair gastando dinheiro loucamente e depois ficar na merda, se as coisas não derem certo.

— Davi, para de ter medo de tudo. Você tem que ser cauteloso, claro, mas você já me falou de três ou quatro artistas que teve que recusar porque a agenda do estúdio está lotada. Você já analisou isso diversas vezes, fez o cálculo. Sabe que expandindo você vai conseguir ter mais gente trabalhando ao mesmo tempo. Se não der certo, você subloca uma sala de gravação para outro produtor.

— Essa é mesmo uma boa ideia.

— É uma ideia sua, eu só estou repetindo. — Ela aponta. — Às vezes, você esquece que planeja as coisas e que até agora elas deram certo.

Luiza estava certa. Depois de muito tempo lá, desenhando a lápis por cima da planta e pensando no que eu queria para o lugar, fomos embora. Resolvemos pegar um Uber até algum restaurante para encerrar a noite.

— Eu só vi um ponto negativo lá, mas não vou me prender a isso.

— Que ponto negativo? — ela pergunta, empurrando a porta do restaurante.

— É muito perto do Pão de Açúcar e eu sei que aquelas ruas vivem cheias de carros estacionados.

O *maitre* do restaurante sorri para nós.

— Boa noite, senhores — diz, educado.

— Boa noite. Mesa para dois, por favor.

— Por aqui.

Ele nos guia para uma mesa no canto do restaurante e deixa o cardápio.

— Pensando na questão do estacionamento, é um pouco ruim mesmo — diz, sentando e retomando a conversa. — Mas você tem espaço para pelo menos duas vagas lá e se precisar demolir a casa toda, pode pensar em alguma coisa.

— É, eu vou pensar em algo. Não vai ser isso que vai me impedir de comprar aquela casa.

— Posso mudar de assunto? Tem uma coisa que eu quero te contar.

Minha sobrancelha sobe, porque isso não acontece com frequência. O tom de voz dela denuncia que o assunto é sério. Não é normal que Luiza me conte as coisas por livre e espontânea vontade. Geralmente, preciso arrancar alguma coisa dela.

— Claro, Lu, fala.

— Minha irmã vai se mudar.

— Para onde? — pergunto, querendo saber se elas vão ficar mais distantes ou mais próximas.

— Aqui para o Rio. Vem morar perto de mim. A gente acha que assim as coisas vão se facilitar, porque do jeito que está não dá. Ela vive passando do horário de pegar o Ryan na creche e está se sentindo muito sozinha lá.

— As coisas com Apolo não se resolveram? — pergunto.

Depois do acontecido, fiquei sabendo que ele tentou uma reaproximação, mas Lyli vetou. Disse que ele sempre fez mais mal do que bem para ela.

— Não, ainda bem. — Ela abre o cardápio e continua falando enquanto o encara. — Ele tem um temperamento muito complicado e uma forma de demonstrar os sentimentos que eu não desejo para ninguém. Gosto de homem carinhoso, ele é meio frio. Acho que por ter morado tanto tempo na Dinamarca.

— Ele tem família lá?

Ela dá de ombros, uma postura de quem não se importou de saber muito sobre o ex-cunhado.

— Eu sei que ele foi estudar em um colégio interno e assumiu as empresas da família, que estão espalhadas no mundo todo. Não sei muito mais que isso. De todo jeito, ele não vive lá em Juiz de Fora. Está sempre viajando, mas a cidade não é grande o suficiente para ele viver, tendo que cuidar da empresa. Foi uma das brigas que eles dois tiveram, porque ele sempre quis que ela fosse morar com ele, mas Lua gostava de morar lá por causa dos meus pais. Ela dizia que acabaria se sentindo sozinha se fosse morar com ele em São Paulo, onde fica sua casa principal.

— É uma situação complicada a dos dois.

Ela suspirou antes de completar.

— Para dizer o mínimo.

Cuida do meu coração   123

Logo o domingo chega com a estreia do Campeonato Brasileiro. Descubro que Luiza torce pelo Cruzeiro quando a encontro no metrô e ela está vestida de azul e branco da cabeça aos pés. Uniforme completo mesmo: meião, camisa e chuteira. Apenas o short é jeans branco. Coço a barba, pensando no que meu irmão vai dizer ao vê-la desse jeito. Ele é torcedor dos Gladiadores, um dos times cariocas mais vencedores da história. Compete em número de títulos com o Flamengo. Mas você não me ouviu dizer isso. A opinião de Daniel sobre o assunto é uma só: não existe time no mundo que seja capaz de superar os Gladiadores.

— Você sabe que chegar na casa do meu irmão desse jeito é um risco à sua integridade física, não sabe?

Ela abre um sorriso enorme e me beija. Eu passo os braços em volta do seu corpo, prendendo-a junto de mim. O azul celeste da sua camisa contrasta com o preto com detalhes amarelos da minha. Não que eu seja torcedor fanático, mas meu irmão me deu a camisa do time do coração e eu a utilizo nessas poucas oportunidades.

— Eu sei que você vai me proteger.

— Olha... — Começo a dizer, já rindo da situação. — Eu não acho que consiga contra toda alma viva naquele apartamento. São muitos contra mim, querida. Mas prometo dar o meu melhor.

Ela selou meus lábios novamente e me afastou.

— Não se preocupa, Davi. Eu já faço isso para provocar.

Não disse mais nada, porém fiquei na torcida para que Daniel pegasse leve. Luiza estava animada e me atualizou sobre os planos de mudança da irmã dela. Aparentemente, a pauta do momento era qual seria a melhor maneira de trazer as coisas para cá, já que a empresa de mudança que elas tinham contatado cobrou uma fortuna.

— Ela tem muitos móveis para trazer?

— É o que estamos analisando. A minha casa foi mobiliada recentemente, não vale a pena pagar caro para trazer os móveis dela, acho. Não tudo, pelo menos.

— Vocês deveriam deixar tudo para trás e comprar o que faltar aqui. Posso ir com você de carro até lá para buscar as coisas dela.

— Será que a gente consegue trazer a mudança toda dentro do seu carro?

Era uma boa pergunta, mas não soube responder com certeza. De todo jeito, a questão ficou no ar porque chegamos à casa do meu irmão. Foi ele mesmo que abriu a porta com um sorriso enorme, que murchou na mesma hora quando viu a vestimenta da mulher ao meu lado.

— Não basta não saber o que é um impedimento, você ainda traz uma namorada na minha casa que torce pelo time adversário?

— Eu estou tão surpreso quanto você, Dan.

— Davi disse que vai me proteger de todo mundo, porque vocês não são páreos para ele.

Daniel gargalhou e eu dei um olhar enviesado para ela.

— É melhor mudar de defensor, porque Davi é o cara mais tranquilo e menos agressivo do mundo — disse, dando espaço para que entrássemos em casa.

— Nossa, é verdade! Acho que nunca o vi levantar a voz.

— Já viu esse cara no trânsito?

Começaram a falar de mim como se eu não estivesse ali até que eu fui salvo por Duda, que veio correndo do quarto dela vestindo uma camiseta enorme dos Gladiadores. Ela não se importava muito com futebol, mas dia de jogo era dia de se vestir igual ao papai.

Não durou muito tempo, de todo jeito. Fiquei na sala brincando com Duda, enquanto minha cunhada, Luiza e Dan falavam mal de mim e preparavam a comida. Felizmente, Augusto e Roberto, amigos em comum que nós tínhamos, chegaram para o jogo.

Sentei em uma das poltronas da sala quando a partida começou. Era um cômodo bem grande, com dois sofás de três lugares e duas poltronas. Luiza veio para perto de mim e sentou no meu colo, o que tornou o futebol um pouco menos tedioso. Além de ela ficar tentando me explicar o que estava acontecendo no jogo (em vão, já que eu estava mais preocupado em encarar o movimento da sua boca), o pescoço dela acabou ficando bem perto do meu rosto e eu distribuía beijos e mordidas sempre que a coisa na TV estava desinteressante.

Cuida do meu coração

Então o Cruzeiro fez um gol, o único da partida, e Luiza começou a pular pela sala e a zombar do meu irmão, da minha cunhada e dos meus amigos. O sorriso nos lábios, a facilidade de se infiltrar no nosso grupo... Eu sabia que não podia sentir o que estava sentindo por aquela mulher, mas era inevitável. Minha boca queria beijar a sua todos os dias, meu corpo desejava estar em contato com o seu e meu coração tinha a necessidade de bater no mesmo ritmo.

Eu ia mentir, fingir e negar até que ela estivesse pronta para ouvir e eu estivesse pronto para falar, mas a verdade era uma frase de cinco palavras.

Eu estava apaixonado por Luiza.

Décimo Quarto Capítulo

Davi

Deixo minha mão escorregar pelas costas nuas de Luiza até parar em cima da sua bunda. É sábado e a semana foi puxada, então tudo o que eu queria era ficar na cama com seu corpo cobrindo o meu, mas sei que essa rodada de sexo matinal terá que ser única, porque logo temos que sair. Desfruto do seu corpo com plena consciência de que sobrou para Luiza fazer a maior parte do trabalho, mas ainda não estou completamente acordado.

— Alguém já disse que você parece um ursinho?

Rolo os olhos. Às vezes, ela me chama de coisas assustadoras.

— Por causa da barba, já disseram sim.

Ela ri e se levanta da cama. Assisto seu corpo nu passear pelo meu quarto e penso na sorte que tenho.

— Não é só a barba. — Ela começa a remexer na própria mochila. — Quando você acorda cedo, fica com esse olho tão pequenininho e essa carinha de preguiça… Minha vontade é de me aconchegar em você e ficar encolhidinha, então tenho que pular da cama toda vez.

— Vem se aconchegar em mim. — Passo a mão pelo meu peito. —

Vem ficar encolhidinha aqui.

— Bem que eu queria, mas você me prometeu duas horas e meia dentro de um carro hoje. — Ela começa a ir em direção ao banheiro com roupas e cremes nas mãos. — Vou lavar o cabelo, tudo bem?

— Eu vou te esperar tirando uma soneca. Passa aqui depois e me acorda.

Ela ri, mas concorda. A porta do banheiro fica aberta e eu ouço o barulho do chuveiro. Penso naquele corpo molhado e crio coragem para levantar da cama. Ela está esfregando os cabelos quando eu entro e a ajudo a retirar o shampoo. Luiza ama quando eu lavo os cabelos dela, diz que parece uma massagem no cérebro e que eu tenho mãos mágicas. Depois, lavo seu corpo com calma, feliz por ter uma desculpa para tocar cada parte dela.

Saímos do chuveiro e nos vestimos rapidamente. Enquanto ela termina de desembaraçar e secar os cabelos, eu preparo o café da manhã.

Troquei de carro com Daniel para esse fim de semana, porque ele resolveu me emprestar a picape para ir a Juiz de Fora. No dia em que os apresentei durante o jogo dos Gladiadores, ela comentou que a irmã estava para se mudar. Eu contei depois o que estava acontecendo, que eu provavelmente iria de carro até lá para pegar algumas coisas, então meu irmão ofereceu o dele, que era maior.

Daniel é assim mesmo. Se ele pode ajudar, ele vai. Seja lá o que for preciso fazer.

— Ok, hoje eu estou numa vibe Anavitória, então vou fazer você ouvir o CD inteiro e a minha cantoria.

Preparo meus ouvidos, mas internamente agradeço. O maior problema é quando ela decide cantar Ariana Grande com tantas notas agudas. Anavitória é suave.

O CD é curto e acaba logo. Ela fica encarando a janela e esquece completamente de colocar outra coisa para tocar. Olho para ela por alguns segundos e então a ficha cai. A última vez que ela fez esse caminho, não foi por um bom motivo.

— Hey! — Puxo a mão dela para a minha perna e fico segurando. — O que eu posso fazer para te distrair?

— Me distrair? Por quê?

— Porque você está tendo pensamentos tristes e não é isso que eu quero. Não quero que fique pensando no que está pensando.

Ela aperta a minha mão e me dá um sorriso.

— Meu ursinho — então ela beija a minha bochecha.

Meus olhos rolam involuntariamente com o apelido.

— Você se prepara, porque eu vou arrumar um apelido ridículo para você também.

— Eu vou ficar esperando ansiosa por um apelido ridículo.

Começo a rir, pensando na lista de apelidos ruins que passou pela minha mente desde que a conheci, mas que nunca quis usar.

— Coloca uma música para a gente ouvir, vai. Seu CD da Anavitória acabou.

Ela escolheu o Multiply, do Ed Sheeran. Comemoro internamente, porque prefiro esse bem mais do que o Divide.

— Eu quero que a gente comece a falar sobre algum assunto longo, que dure as próximas duas horas de viagem, assim a minha cabeça se distrai do que eu estava pensando.

— É uma boa ideia, mas não consigo pensar em nada longo o suficiente.

— Eu consigo, mas não sei se você vai querer falar sobre.

Dou de ombros.

— Pergunta. Se eu não quiser falar sobre, vou te dizer.

— Diga mesmo, por favor. E não fique chateado comigo, é só curiosidade.

— Estou até ficando preocupado com o que você vai perguntar.

— Por que você não fala com os seus pais? — Não consigo segurar, todo o ar dos meus pulmões sai de uma vez só. Não existe um assunto pior para ela trazer à tona no momento. — Ah, droga. É um assunto delicado e você ficou chateado, né?

— Sim e não — respondo, soltando uma respiração ruidosa em seguida. — É um assunto delicado para mim e eu fiquei chateado, mas não com você. Estou chateado porque a história toda voltou para mim, sabe?

— Não precisa contar se não quiser.

— Eu posso falar sobre. Só não é um assunto leve para a gente, principalmente estando na estrada.

— Eu quero ouvir, se você puder contar. Se achar que não vou aguentar, aviso e você para.

Cuida do meu coração

129

Concordo e respiro fundo, demorando para dar início à história de propósito. Quero organizar os pensamentos primeiro.

— Eu era jovem e estúpido — digo por fim. — Eu ia no embalo de tudo, fazia o que os outros faziam. Qualquer coisa me influenciava. Sempre quis agradar as pessoas. Eu tinha dezoito anos, tinha acabado de tirar a carteira de motorista e meu pai me deu um carro. Com menos de dois meses, eu já tinha arranhado a lateral perto da traseira em uma pilastra.

— Você era um motorista horrível.

— Eu era. Não sei como minha carteira não foi suspensa no primeiro ano. Então eu troquei a provisória pela definitiva. Três semanas depois, era Ano Novo. Eu tinha dezenove anos, era solteiro e tudo o que queria era me divertir, transar e beber. E eu tinha uma parceira no crime: minha irmã Daiane.

— Você tem uma irmã? — pergunta, a sobrancelha franzida.

— Eu tinha, foca nisso.

— Ah, droga, Davi. — Olhava-me, já prevendo o que tinha acontecido. Não sabia se o que eu via nos seus olhos era dor ou pena, mas não encarei muito para descobrir, porque precisava focar na estrada.

— É, droga. — Respiro fundo, criando coragem para continuar. — Um belo dia, eu fiz algo mais burro ainda. Provavelmente a maior burrada da minha vida. Fui a uma festa de Ano Novo com a Daiane. Ela foi dirigindo e prometeu que não ia beber, mas lá ela mudou de ideia. Quando íamos voltar para casa, minha irmã tinha bebido e usado drogas. Eu não sabia das drogas, só soube depois do que aconteceu, mas não quis deixar que ela dirigisse, porque estava muito mal. Eu também tinha bebido, mas achava que nada de ruim ia acontecer. Então um motorista babaca veio na contramão, eu perdi o controle do carro e nós dois capotamos em pleno Alto da Boa Vista. Ela estava sem cinto de segurança, voou para fora do carro e morreu. Eu sofri arranhões, mas nada mais grave do que isso.

— Puta que pariu, Davi.

— É, puta que pariu. Minha vida virou de ponta cabeça depois disso. Meus pais não aguentavam olhar para a mim de tanta raiva que sentiam. Eu saí como o culpado de tudo o que aconteceu, mesmo que eu não discorde deles sobre isso. Eles me mandaram para morar fora, em

130

Nova Iorque. Fiquei lá por vários anos, terminei a faculdade, amadureci. Tudo o que soube deles nesse tempo era o dinheiro que caía na minha conta todo mês. Assim que eu me formei na faculdade, o dinheiro parou de vir e eu tive que me virar.

— Nossa. — Ela me encara, o queixo ainda caído.

— Eu avisei que a história era pesada.

— Eles ainda não falam com você? — Neguei com a cabeça. — E como você fica com isso?

— Hoje não me afeta tanto, porque foi há quase dez anos. Eu sinto falta da minha irmã e sinto falta dos meus pais, mas já sou grandinho. Engulo a dor e sigo o baile. Prometi a mim mesmo que não ia deixar de viver por causa disso, que a minha irmã não ia querer isso. Daiane tinha os seus defeitos, mas se estivesse fora nessa situação, não iria me condenar. Sabia que às vezes exagerava. Então mesmo com todas as dificuldades, ainda que meus pais simplesmente finjam que eu não existo, eu tento seguir a minha vida. Tento encontrar sempre motivos para ser feliz.

— Eu sei que esse assunto é difícil para você, então eu vou mudar um pouquinho a conversa. Quando perdeu a grana dos seus pais em Nova Iorque, como você lidou com tudo isso?

— Por sorte, eu nunca fui de esbanjar dinheiro, então no momento em que o dinheiro não caiu, eu tinha algo guardado. Dividi o apartamento com um colega da faculdade por alguns anos e trabalhava em um estúdio. Dei a sorte de uma música que eu compus estourar lá fora e fiz bastante dinheiro, porque a letra era toda minha. Ficou cinco semanas no topo da Billboard, depois mais nove no Top 10. Algumas bandas brasileiras pediram para trabalhar comigo e eu comecei a fazer meu nome aqui. Dan acabou me convencendo de que o melhor era voltar ao país e eu o fiz. Fui convidado para trabalhar no "Canta, Brasil!" e conheci as Lolas, além de outros artistas incríveis. Sempre tive muita sorte, essa é a verdade, mas nunca fiquei sentado esperando as coisas caírem do céu.

Ela apoiou a mão na minha coxa e deu um aperto leve. Um assunto emendou no outro, e, quando eu vi, estávamos entrando em Juiz de Fora. Luiza me instruiu sobre o caminho novamente, porque eu não me lembrava de nada direito. Quem veio abrir a porta foi o sobrinho dela, que pulou no colo da tia e encheu o rosto dela de beijos.

Cuida do meu coração

Em seguida, ele me viu e abriu um sorriso enorme. Fui babá dele muitas vezes quando estive aqui pela última vez, mas não tinha ideia de que ele me reconheceria. Muito menos que pediria para vir no meu colo.

— Tio Davi!

Assumo que queria ter ficado com a criança mais um pouco, porque se tem uma coisa que eu gosto é de ser o tio que toma conta. Um dia eu espero ser pai e tal, mas a função de tio me agrada. Levo para passear, fico de olho por algumas horas, mas não tenho nenhuma responsabilidade com a criação. Tem coisa melhor?

Lyli me agradeceu muito por ter ido até lá ajudar, mas eu fiz questão de mostrar que era por vontade própria. Nós colocamos Ryan para ficar segurando a porta do elevador enquanto buscávamos caixas e algumas malas dentro da casa. Ele ficou parado na porta, com um braço esticado para dentro e outro para fora, divertindo-se por estar ajudando. Fez a mesma coisa na garagem do prédio.

Nosso retorno para o Rio foi mais leve do que a ida. Tudo coube na parte traseira da picape e sobrou espaço para Ryan espalhar alguns brinquedos pelo banco detrás. Ele estava em um assento elevado que a mãe dele tinha trazido, mas isso não atrapalhou em nada a festa. Eu gostei, porque não me deixou pensar em todas as coisas que passeavam na minha mente desde que contei à Luiza sobre minha irmã. Você fica muito bem por meses, mas é só o assunto voltar à tona para os sentimentos te açoitarem.

Decidi sair com Ryan para tomar um sorvete horas depois de ter deixado Luiza e Lyli em casa. Ele estava inquieto e eu já tinha feito tudo o que podia. Elas estavam guardando roupas, no que eu não quis me meter.

— Sorvete de que você gosta?

— Chocolate.

— Já comeu sorvete de brownie? — pergunto quando estamos entrando na sorveteria Itália da Voluntários da Pátria.

— Nunca. É bom?

— É uma delícia, você vai ver.

Pego uma porção generosa de sorvete para ele e outra no sabor café para mim. Na primeira colherada, ele suja a blusa de sorvete e eu torço para que sua mãe não se importe. Estou usando uma camiseta do

Homem-Aranha, o que fez o garoto querer saber sobre Guerra Infinita.

— Você não foi ver?

— Não. — Ele balançou a cabeça e mais sorvete caiu, dessa vez em cima da mesa. — Mamãe não gosta, eu ia ver com o vovô.

Avô. Terreno perigoso.

— Ninguém podia te levar para ver? Nenhum tio?

— Não. Eles não gostam. — O garoto dá de ombros, como se não se importasse de verdade. Então segue com os questionamentos. — É maneiro? O Visão morre? — Os olhos dele brilhavam.

— Eu não vou te dar *spoiler*, garoto. Vou ver com a sua mãe se ela deixa eu te levar no cinema para ver.

— Sério, tio? — Assinto. — Legal!

E foi assim que eu ganhei mais um sobrinho definitivamente.

Os dias que se seguiram à mudança de Lyli acabaram aproximando Luiza e eu. No domingo, saímos os quatro para ir ao cinema. As meninas foram ver um filme qualquer em um horário próximo à sessão de Guerra Infinita que encontrei. Ryan saiu empolgadíssimo, contando tudo para a mãe, que não entendia nada, mas fazia cara de conteúdo. Luiza e eu nos separamos no fim da noite, porque ela não queria deixar a irmã dormir sozinha nos primeiros dias. O apartamento era pequeno e Ryan ainda dividia a cama com a mãe, mas funcionava provisoriamente.

Na segunda-feira de manhã, Lu me ligou. Eu estava saindo do metrô, bem mais cedo do que o horário que ela normalmente chegava.

— Minha chefe quer ter uma reunião comigo assim que eu chegar. Mandou e-mail dizendo. Eu estou preocupada, Davi.

— Não deve ser nada, Lu. Fica calma. É segunda-feira, ela deve querer alinhar alguma coisa para a semana.

— Eu não sei. O tom do e-mail não era de alinhamento. Eu estou preocupada, cara. Minha irmã acabou de se mudar, eu não posso perder a bolsa agora.

— Que merda, Lu.

— Eu nem sei o que fazer.

— Não pensa nisso, tá bom? — digo, tentando tranquilizá-la. — Se for demissão, a gente dá um jeito, eu pergunto para uma galera que eu conheço. Mas não vai ser, fica tranquila.

Cuida do meu coração

— Eu posso te ligar se ela me demitir, não posso?

— Eu não tenho horário marcado com ninguém no estúdio hoje, vou trabalhar sozinho. Se ela te demitir, você desce direto para lá.

— Obrigada, Davi. Só precisava desabafar com alguém.

— Eu sou todo ouvidos, minha linda. Não fica nervosa com isso.

No final, ela deveria ter se preocupado com isso. Luiza apareceu depois do almoço, dizendo que tinha ficado resolvendo as coisas no RH e pegando seus pertences. Então ela entrou na minha sala, trancou a porta e sentou no meu colo. Com a cabeça encostada no meu peito, ela chorou.

— O que eu vou fazer, Davi? Disse para a Lua ficar tranquila que eu segurava as pontas até ela conseguir um emprego, agora fui demitida. E não tenho nem seguro desemprego para ficar até arrumar outro estágio.

— A gente vai dar um jeito. — Beijo sua cabeça e começo a afagar seus cabelos. — O que a sua irmã faz mesmo?

— Ela não se formou. Por causa do Ryan, ela teve que largar a faculdade e nunca mais teve fôlego para voltar. Ela trabalhou como secretária por muito tempo e queria começar um curso de Secretária Executiva, mas não conseguia conciliar lá em Juiz de Fora.

— Eu vou ver com as pessoas que eu conheço se alguém precisa de uma secretária. Você acha que a sua irmã aceita trabalhar com outra coisa?

— Eu acho que sim. Só não queria dizer a ela que eu fracassei agora.

— Não fracassou. Ser demitido acontece, não quer dizer que você é um mau funcionário.

— Mas foi isso que aquela lambisgoia da minha ex-chefe queria que eu pensasse.

— Ela não é uma boa pessoa e você sabe disso. — Puxo seu rosto na direção do meu e beijo seus lábios devagar. — Vem trabalhar aqui no estúdio. Você sabe que eu preciso de alguém de direito na equipe que eu vou montar.

— Não posso, Davi. Eu não sou formada, não passei na OAB. Você precisa de um profissional para o que o trabalho vai te exigir.

— Não preciso não. Profissional eu tenho o meu irmão. Eu preciso de alguém para fazer o que ele não tem tempo. Vou pedir para ele contratar você pela empresa para atuar no meu escritório. Isso é comum.

Ela afasta o rosto para olhar bem na minha direção. Parece incrédula, tentando decifrar se eu estou falando sério.

— Você não precisa fazer isso por mim.

— Eu preciso, Lu. E você sabe por quê.

— Eu não sei. Não entendo porque você vive cuidando de mim desse jeito, mesmo que a gente não namore.

— Lu, você está pronta para ouvir o que eu tenho para te dizer?

Olho diretamente para ela, sem desviar. Deixo que ela veja nos meus olhos todos os sentimentos que guardo no coração, torno-me o mais transparente possível.

— Os seus olhos, Davi... — sussurra, como se me contasse um segredo. — Eu os amo e os odeio.

— Por quê? — digo também baixinho.

— São lindos e me transmitem tanta coisa boa. Você olha para mim e eu me sinto a mulher mais especial do mundo. — Ela afaga o meu rosto e me dá um sorriso triste, algumas lágrimas transbordando nos seus olhos. — Ao mesmo tempo, eles me lembram de que eu ainda estou aqui, quebrada, sem ter te dado uma única resposta de que o que nós temos vai durar.

— Eu tenho medo de perguntar, porque tenho medo do que você vai responder.

— Eu não quero que você tenha medo...

— Então namora comigo, Lu — corto-a. Sei que fiz bobagem, quando ela fecha os olhos e balança a cabeça. — Namora comigo, Luiza, porque não somos as mesmas pessoas de quando a gente começou a sair. Você não ama o Rubens, não pode colocar a culpa nisso. O que aconteceu com os seus pais nunca vai deixar de doer, mas eu estou aqui para segurar a sua mão sempre. Deixa eu amar você e te ensinar a me amar também.

— Você não me deixou terminar o que eu ia dizer, Davi. Eu não posso namorar você.

— Não deixei porque eu sei como aquela frase ia terminar, Lu. Você vai continuar fugindo, dia após dia, por medo de eu deixar meu coração na sua mão e você ter que cuidar dele. O que você não sabe é que meu coração já é seu.

Cuida do meu coração

— Eu não posso, Davi. Não posso cuidar do seu coração, porque ainda não cuidei do meu.

— Então deixa que eu cuido. O que mais eu preciso fazer para mostrar que é sério e que a gente já deu certo, Lu?

Ainda sentada no meu colo, ela se afasta. Não apenas fisicamente; sinto que ela está afastando suas emoções também.

— Desculpa, Davi. Eu não posso fazer isso. Não hoje, não com tudo o que está acontecendo na minha vida.

Respiro fundo e desisto de insistir.

— Tudo bem, você está certa. Eu prometi que te daria espaço, então vou cumprir minha promessa.

Ela levanta do meu colo.

— Você se importa se eu trabalhar um pouco naqueles contratos que você me deu? Eu quero desviar a minha cabeça de tudo o que está acontecendo e ainda não sei o que dizer para minha irmã, então não quero voltar para casa.

— Claro, fica à vontade. As coisas estão onde você deixou.

Ela se senta na outra mesa da minha sala. Eu tenho duas, uma que fica tomada por papéis o tempo inteiro e uma segunda, com meu computador para trabalhar nas faixas. Coloco os *headphones* e tento me focar no trabalho quando vejo que ela fez o mesmo — ou fingiu fazer.

Ficamos os dois sem conversar por toda a tarde. Minha cabeça fervilha com uma quantidade imensa de coisas que eu queria ter dito e os sentimentos que me sufocam. É uma droga ser a pessoa no relacionamento que ama mais do que a outra. É pior ainda saber que você provavelmente é a única que ama na equação. A outra pessoa ainda é uma incógnita, daquelas bem difíceis de calcular.

Saio para fumar um cigarro. É um vício horrível, mas o único que eu tenho. Já tentei parar diversas vezes, mas é muito difícil. A nicotina me acalma, mas sinto vontade de voltar para fora e fumar outro quando viro no corredor e ouço Luiza no telefone.

— É, eu bem poderia matar aula hoje e beber um pouco. — Silêncio. — Eu não sei, não lembro se tinha algum trabalho, mas realmente precisava espairecer. — Mais silêncio. — Se você diz, eu confio. — Outra pausa.

— Só nós dois? — Uma pausa maior dessa vez. — Acho que posso usar sua companhia para afogar as mágoas como nos velhos tempos.

Desisto, dou meia volta e acendo outro cigarro. Rezo para que seja apenas uma amiga, mas pelo tom não parece.

Lembro-me de Vanessa falando sobre não ser o único e sinto o ar faltar. O estômago dá um nó e eu só quero que Luiza diga que quer a minha companhia para afogar as mágoas hoje à noite.

Na saída, ofereço uma carona para a Urca. Vou passar na casa para encontrar o engenheiro responsável pelo projeto hoje. Como é perto da faculdade dela, posso deixá-la na porta.

— Não precisa, pode me deixar no ponto do outro dia que eu vou andando.

— Não me incomodo te levar na faculdade, Lu.

Imploro internamente que ela deixe. Assim sei que vai para a aula e desistiu de sair com quem quer que seja que estava ao telefone.

— Davi, eu quero que você me deixe no ponto — diz, séria. — Por favor, faz isso por mim.

Paro no sinal antes de virar na rua que ela quer ficar. Então jogo minha última cartada.

— Vai lá para casa mais tarde, depois da aula? Eu vou correr atrás de alguma coisa com os meus contatos e assim você pode pensar em um jeito de dizer para a sua irmã.

— Eu vou para casa depois da aula — decreta. O sinal abre e eu ando com o carro. — Já falei, não quero deixar Lua sozinha nesses primeiros dias.

Fico em silêncio até parar no ponto que ela vai descer.

— Tchau, Lu, a gente se vê amanhã? — Inclino o corpo na direção dela, esperando um beijo.

Ela abre a porta e sai.

— Eu te ligo.

Bate e dá as costas. Aquele meu coração, que eu disse já estar nas mãos dela para cuidar… Bom, ela não sabe mesmo o que está fazendo com ele.

Cuida do meu coração

Carol Dias

Décimo Quinto Capítulo

Luiza

Jogo-me no banco do restaurante e largo a bolsa ao meu lado. Estou irritada, frustrada, querendo que esse dia acabe e que eu possa relaxar a cabeça. Quero uma solução para tudo o que está acontecendo comigo. Parece que toda a minha vida ficou de cabeça para baixo em questão de um dia.

— Relaxa. Você vai sair daqui tão bêbada que não vai se lembrar de nada que aconteceu no dia de hoje.

— Você vai me levar para casa? Porque se você beber também, mana, eu não sei se uma das duas chega viva.

— Vou ficar sóbria, sóbria para cuidar de você, bebê.

Roberto é o terceiro integrante do nosso grupo. Ele é eclético a ponto de ser a Elle Woods[4], de Legalmente Loira, chegando a Washington

---

[4] Elle Woods é uma personagem do filme Legalmente Loira. Formada em moda, a personagem entra para o curso de Direito em Harvard após levar um chute na bunda do namorado, buscando ser a pessoa ideal para ele. Ela é conhecida por usar rosa o tempo inteiro e destoar de todos os advogados em ternos pretos.

para lutar pelos direitos dos animais, ao mesmo tempo em que tem mais argumentos que Annalise Keating[5] em uma discussão.

Ele não é muito bom em ouvir desabafos sobre relacionamentos, porque diz que não tem muita paciência para casais melosos, mas se você precisar de um parceiro para encher a cara, ele é perfeito.

— Mana, qual é a graça de ver uma amiga beber todas e ter que ficar sóbria?

— Ah, não tem nada a ver com graça, Luluzinha. — Ah, sim. Ele me deu o apelido mais tenebroso do mundo. — Eu vou beber, só não vou ficar louca. Vou estar bem o suficiente para deixar você em segurança nos braços do seu gostosão.

— Eu não quero ir para lá, Beto. A gente não está nos melhores termos.

— Mana, pelo amor de Deus. Não larga esse sapão[6] de jeito nenhum.

— É complicado...

— O que é complicado, mana, está doida? Tudo bem não ir para lá hoje, mas já bate o ponto na casa dele no dia seguinte e se entende com o boy.

— Ele me pediu em namoro.

Os olhos de Roberto se arregalam e ele parece ter ganhado na mega sena.

— Puta que me pariu, mana! O homem te pediu em namoro e você não está lá na cama dele, enrolada nos lençóis de seda?

Começo a rir, porque ele cisma que Davi é um CEO milionário que mora numa cobertura em frente à praia do Leblon, e dorme em lençóis de seda ou de mil fios egípcios.

— Não é tão simples, amigo. Você sabe porque eu não posso aceitar o pedido de namoro dele.

— Sei sim, mana, porque você é burra. Pelo amor de Deus, se um homem desses me dá mole, eu faço logo os papéis de casamento e levo para ele assinar. Tá aí enrolando, esse boy vai achar outra e te largar.

— Ele disse que está apaixonado por mim. Não com essas palavras, mas deu a entender. Não acho que ele me trocaria assim fácil.

---

5 Annalise Keating é professora de direito na série How To Get Away With Murder, conhecida por dificilmente perder um caso.

6 Sapão é um homem muito bonito.

— Você está é bem enganada, viu? Já está cozinhando esse boy desde o início do ano. Paciência tem limites, gata.

Finalmente, depois de um milhão de anos, um garçom aparece e nós pedimos bebidas. Roberto pede chope e diz que seu limite será dois. Eu peço um dos shots do cardápio e me comprometo a provar cinco deles. Na verdade, ao fim da noite, já tomei uns dez.

Acordo no dia seguinte com a certeza de que falei muita bobagem e com uma ressaca nojenta. Ao lado da minha cama, na mesinha de cabeceira, estão um comprimido e um copo d'água. Suspeito que Lua os deixou ali e dou graças a Deus por ter uma irmã nesses momentos. Levanto só um pouquinho o pescoço e engulo o remédio. Sinto-me uma merda e dou graças a Deus por não precisar trabalhar naquele dia.

Levo cerca de meia hora para criar coragem de levantar, mas acredito que só consegui por conta do efeito do remédio. Vou direto ao banheiro e só saio de lá quando me sinto um pouco mais humana. Diria que saí de 20% para 50%. Caminho lentamente pela casa em busca do líquido que me fará ficar 80%. Estou enchendo minha xícara com café quando ouço passos silenciosos me alcançarem.

— Bom dia, preguiçosa.

Murmuro um bom dia em retorno à minha irmã. Ela pega manteiga na geladeira e começa a passar em um pão que estava no saco em cima da mesa. Eu me sento e ela coloca na minha frente.

— Obrigada — digo, mordendo um pedaço.

— Fala comigo. — Ergo uma das sobrancelhas, tentando entender o que ela quer dizer com isso. — Davi disse que deixou você para ir para a aula. Eu liguei quando passou muito do seu horário e você não apareceu. Então liguei para sua amiga Amanda, que disse que você nem colocou os pés na faculdade. Para finalizar, Beto trouxe a minha irmã bêbada, que me disse as seguintes palavras antes de apagar: "desculpe-me por ser um fracasso, maninha, mas eu te amo". Dito tudo isso, eu quero que você fale comigo.

Lua me olhava séria, como uma irmã mais velha que esteve preocupada comigo a noite inteira. Eu simplesmente não consegui esconder dela o que estava acontecendo.

— Fui demitida do estágio — as palavras começaram a fluir com

Cuida do meu coração   141

facilidade a partir daí. — Eu sei que eu sou um desastre, Lua. Prometi a você que poderia segurar as pontas e você largou tudo. Agora nenhuma de nós tem um emprego. Davi se ofereceu para ajudar me oferecendo uma vaga, mas eu cuspi na cara dele, praticamente.

— Você não fez literalmente isso, né? — perguntou preocupada. Minha irmã gosta dele de verdade.

— Não, não literalmente. Ele me pediu em namoro, eu surtei. Tratei o menino mal e ele não merecia isso de jeito nenhum. O dia de ontem foi uma catástrofe e agora eu estou pagando meu preço com essa ressaca.

— Então, vamos lá… — Ela respira fundo, aprumando-se na cadeira em seguida. — O que Davi ofereceu para ajudar?

— Disse que ia ver se algum dos seus contatos precisava de uma secretária para contratar você. E que ia me contratar como estagiária para cuidar dos contratos e das coisas que o irmão dele estava sem tempo de resolver.

— E qual é o problema nisso tudo?

— Quanto a te arrumar uma vaga, acho que nenhum. Quanto a me contratar, não vai rolar. Não vou ser funcionária dele e namorar o meu chefe. E não quero caridade, pelo amor de Deus.

— Não é caridade, Lu. E você já não estava fazendo alguns *freelas* para ele?

— Isso não é a mesma coisa — pontuo. — *Freela* é totalmente diferente de um contrato de estágio.

— Só porque você quer que seja. Mas, de todo jeito, era só você dizer: "não, amor, obrigada". O que está me preocupando mesmo é o fato de ele ter pedido você em namoro e ouvido um não como resposta.

— Como eu poderia dizer sim? E como ele pode me pedir em namoro quando eu estava totalmente abalada com a demissão?

— Lu, para de ser estúpida. Quando foi a última vez que você ficou com outra pessoa sem ser o Davi?

— Eu nem sei! Acho que foi antes de ficarmos presos no elevador. Toda vez que eu penso em sair com alguém, marcar um encontro, acabo marcando algo com Davi.

— Então você está sendo monogâmica com ele há pelo menos um mês? — assinto, pensando que ela está certa. — Quantas vezes por dia vocês se falam?

— Eu não sei. A gente conversa o tempo inteiro pelo WhatsApp e quase sempre almoçamos juntos.

— Um mês de monogamia. Falam-se todo dia. Encontram-se com frequência durante a semana. Fim de semana vocês costumam fazer alguma coisa? — pergunta, mas não me dá tempo para responder. — Como sua irmã, eu sei que sim, porque já presenciei algumas vezes. E, olha, isso parece um namoro para mim. O que está faltando para você dizer sim ao rapaz?

Respiro fundo, seguindo sua linha de pensamento. Realmente, tive relacionamentos o suficiente para saber que o que tínhamos era a descrição exata de um namoro. Mas, mesmo assim, algo ainda me impedia.

— Não posso fazer isso com ele. Não posso dizer que sim, que quero ser namorada dele, quando, por dentro, estou toda quebrada ainda. Davi vai querer mais, vai esperar que eu diga coisas que não sinto. Não quero mentir para ele.

— Lu… — Minha irmã segura minha mão sobre a mesa, olhando-me com ternura. — Davi está sendo um príncipe com você desde janeiro, quando se conheceram. Você acha que ele vai te pressionar a algo que você não quer?

Essa frase de Lua me consome durante todo o dia. Não dei uma resposta a ela, porque fui salva por um Ryan pelado entrando na cozinha. Quando a mãe perguntou onde estavam as roupas dele, Ryan riu e disse que não sabia, então correu para fora do cômodo e Lua foi atrás.

Liguei para Amanda, que me fez contar tudo o que tinha acontecido e repetiu o sermão da minha irmã. Eu fugi do assunto perguntando como tinha sido a aula. Ela disse que um dos professores passou um trabalho e ela fechou o trio comigo e Roberto. Ele, por sinal, foi a minha terceira ligação. Disse que eu tomei uns oito *shots* de tequila e estava uma bêbada chorona, então ele me trouxe para casa. Por último, liguei para Davi. Ele atendeu, mas disse que estava ocupado, então conversaríamos mais tarde. Perguntei se podia ir à sua casa quando ele saísse do estúdio e ele disse que tudo bem, mas que não tinha hora para voltar. Felizmente, eu tinha ficado com a chave reserva e ainda não tinha devolvido.

Resolvi que Davi merecia uma surpresa, para ver que eu estava comprometida. Mesmo que não pudesse dizer a ele com todas as palavras

Cuida do meu coração

o que ele queria ouvir, quis mostrar que estávamos no caminho certo. Cheguei ao apartamento dele por volta das sete e preparei um jantar para nós dois. Quando estava tudo pronto, ele ligou dizendo que ficaria lá até tarde, talvez meia noite. Pediu desculpas, mas eu não desanimei dos planos. Jantei sozinha e deixei os morangos com chantilly de sobremesa para mais tarde. Aproveitei que ele demoraria e coloquei algumas séries em dia. Quando passou das dez, resolvi que era hora de me preparar. Tomei um banho de banheira, vesti uma *lingerie* sexy e um robe de seda. Então deitei na cama para esperar.

E esperei. Esperei, esperei e esperei.

Ouvi a porta da sala bater, o que me despertou de um cochilo. Passava das duas da manhã e eu queria dizer que não estava chateada, mas assumo que fiquei um pouco.

Ele parou na porta do quarto e nossos olhares se cruzaram. Sustentei por um tempo, porque eu nunca me cansava de olhar para ele, para o jeito que seus olhos brilhavam com os mais diversos sentimentos ao olhar para mim. Até que ele se deixou admirar meu corpo e a quantidade de pele exposta. Um sorriso lascivo brotou naqueles lábios devagar e Davi assoviou.

— Então era isso que eu estava perdendo ficando até tarde no trabalho? — Ele me deu um sorriso completo e veio como um felino na minha direção na cama. — Porra, eu sou muito burro mesmo.

Nosso riso morreu quando ele cobriu meu corpo com o seu. Segurei no seu rosto e beijei seus lábios devagar. Nunca me cansaria de senti-los.

— Desculpa ser uma babaca às vezes — disse baixinho, trazendo seus lábios para os meus mais uma vez. — Eu só não quero te magoar.

— Você me magoa quando é babaca comigo, Lu. — Seus olhos verde-claros me encaram com tantos sentimentos, que me sinto incapaz de lidar com todos de uma vez. — Mas eu te perdoo toda vez, porque sou louco por você.

Incapaz de dizer alguma coisa depois disso, eu o puxo para mais um beijo e o início de mais uma noite de amor.

Amor não, sexo. Não estou apaixonada por ele.

Talvez, se eu continuar repetindo isso como um mantra, meu cérebro entenda, porque a verdade é que eu já não sei de mais nada nessa vida.

Décimo Sexto Capítulo

Davi

Depois daquele dia, descemos ladeira abaixo.

Luiza voltou ao normal, mas não ao normal de antes do pedido de namoro. Passamos por junho, julho e chegamos a agosto. Dormimos juntos, ficamos mais próximos, compartilhamos as chaves do apartamento. Ryan me adora, minha cunhada também. A única que não parece estar 100% satisfeita comigo é Luiza.

Ela não permitiu que eu a contratasse. Ficou fazendo *freela* para mim por um mês, até que arrumou uma vaga de trainee. Mudou-se com a irmã para outro apartamento em Botafogo, esse um pouco maior. Está trabalhando no mesmo bairro, em um prédio chamado Mourisco. Consegui um amigo que precisava de uma recepcionista e Lyli começou a trabalhar lá. Em 90% do tempo, parecíamos um casal, mas os outros 10% estragavam. Perdi as contas de quantas vezes ela escondeu o celular de mim ou respondeu mensagens quando achou que eu estava dormindo. Desliga ligações e disfarça toda vez que eu chego perto.

Queria entendê-la. Saber por que continua me dando esperanças, se não quer ficar comigo. Não temos nada, não é mesmo? Então por que me esconder que está saindo com alguém? Por que fingir que está tentando se abrir para mim, quando está mais fechada do que nunca?

Dan resolve fazer um almoço de Dia dos Pais. Um tio das meninas faz o convite para que elas fiquem lá na casa dele durante o fim de semana, mas elas declinam. Não querem fazer o trajeto em uma data como essa.

No Dia das Mães, as duas passaram o dia definindo como seria a mudança. Isso as fez ficar focadas e esquecer. No Dia dos Pais, elas precisavam de algo do tipo. Conversei com meu irmão e ele concordou em convidar as duas. Ele gosta de receber pessoas e minha sobrinha já tinha ficado amiga de Ryan, então essa era uma parceria de sucesso. Gi e Lyli se davam super bem, enquanto Lu discutia casos jurídicos e futebol com o meu irmão.

Nós nos sentamos na sala para jogar cartas depois de almoçarmos. Ryan e Duda estão sentados perto de nós, jogando videogame. Minha sobrinha adora jogos de carros. Ryan prefere luta, mas não rejeita nenhuma partida de qualquer coisa. É um viciado. Todo mundo estava bebendo e eu não sei o que estava acontecendo comigo hoje, mas eu estava enjoando com o cheiro da cerveja. Na primeira oportunidade que tive de parar, deixei todo mundo lá jogando e fui para a varanda fumar um cigarro. Meu irmão apareceu quando eu estava no final, tirou o cigarro da minha mão e apagou. Ele já tinha cansado de reclamar, agora só tirava da minha mão e apagava toda vez. Eu o esperaria sair e acenderia outro.

— O que está acontecendo contigo, mano? — Ele se debruçou na grade, ficando na mesma posição que eu.

— Do que você está falando?

— É a segunda vez que a Luiza vem aqui e vocês estão completamente diferentes da anterior. A lua de mel acabou?

— Que lua de mel, cara? — Tento ser leve e não levar a sério. — Você está doido?

Ele me olha sério. Percebo que não está brincando, que está realmente preocupado. São poucas as vezes que ele me olha assim.

— Davi, sério. Sou seu irmão. Sei quando alguma merda está te afetando. Você vai finalmente assinar a sua papelada para o estúdio dos sonhos, está com fila de espera de artistas querendo trabalhar com você, mas anda todo cabisbaixo e rabugento. Olha na minha cara e me diz o que está acontecendo.

— Porra, Dan, por que você tem que ser tão bom nessas coisas?

— Metade dos casos que eu ganhei no tribunal foi por observar a linguagem corporal das pessoas. Você é quase meu reflexo no espelho, mano. Sei quando alguma coisa está errada.

— Acho que a Lu está me traindo. — Dan levanta uma sobrancelha, mas não diz nada. — Quer dizer, não é mesmo traição porque ela não é minha namorada, mas…

— Se isso que vocês têm não é namoro, eu não sei mais o que é, mano.

— Ela já deixou isso claro algumas vezes. A gente só fica com frequência, sem compromisso. Ela não está pronta para namorar.

— Mas está pronta para trair?

— Aí é que está. O combinado sempre foi que podíamos ficar com outras pessoas.

— Se esse foi o combinado entre vocês, por que você está reclamando de ser traído?

— Dois motivos simples. Um, quando estamos juntos, não parece que é só pegação. Eu sou louco por essa mulher, apaixonado mesmo. Ela age comigo como se gostasse de mim, como se eu fosse importante. Mesmo que nunca tenha dito que sente algo, eu sei que sente. Eu sei que se ela se abrir para isso, vai ser incrível.

— É por isso que eu digo que vocês estão namorando, irmão. Isso é um relacionamento.

— É, mas aí vem o segundo motivo: ela está me escondendo outra pessoa. Eu sei que é um homem e eu sei que ela tem sentimentos por ele. Pela forma como conversam, a intimidade. Por me esconder o celular e por não desgrudar dele. A gente vai dormir e ela pega o celular para trocar mensagem quando acha que eu já dormi.

— Que merda, irmão.

— Entende por que eu digo que ela está me traindo, mas não está?

— Não dá para viver assim, Davi. Ela tem você nas mãos e está prestes a te esmigalhar.

E não é que ele está completamente certo?

— Eu sinto que falta bem pouco para isso acontecer, irmão. Só

Cuida do meu coração   147

tenho medo de pressioná-la de novo e essa ser a hora que ela desiste de vez da gente.

— Davi, fala com ela. Se a Lu não gostar, problema é dela. O que não pode é você ficar sendo feito de bobo por essa mulher. Ninguém aguenta ser tratado assim por tanto tempo. Vocês estão nessa desde abril, já é agosto. Até quando ela vai ficar com essa indecisão?

— Porra, odeio quando você está certo, irmão. Já passou do tempo de essa mulher parar de me enrolar.

— Como diz o ditado, paciência tem limites.

— A minha já se foi há muito tempo.

Ficamos em silêncio por uns minutos, enquanto eu absorvia o que tínhamos conversado, então meu irmão deu uns tapinhas nas minhas costas e entrou. Dez minutos depois, a porta se abriu de novo e Lyli saiu. Ela era tão parecida com Luiza que chegava a assustar. Tinham cinco anos de diferença, mas, às vezes, pareciam gêmeas.

— Você tem uns minutos para conversar comigo?

Perguntei-me sobre o que seria. Tínhamos conversado em diversas oportunidades e eu gostava muito de Lyli, por mais que não fossemos grandes amigos ainda.

— Claro, vamos sentar.

A varanda tinha uma mesa branca de ferro e quatro cadeiras. Escolhemos duas que nos deixavam de frente para a vista e ela começou a falar.

— Eu preciso conversar sobre isso com alguém, mas não posso falar com a Lu, porque ela não vai entender. Tudo bem se você achar que não pode guardar esse segredo dela, eu vou entender.

— É algo que vai fazer mal a ela?

— Não. — Negou com a cabeça também. — Só faz mal a mim mesma.

— Então contar a ela vai ser um problema seu, eu não vou dizer nada.

Ela assentiu e começou.

— Você conheceu Apolo quando esteve lá em casa para o funeral dos meus pais, certo? — Concordo e ela prossegue. — Nós tivemos um relacionamento complicado. Quando começamos a ficar, ele só tinha um dia para me ver, às sextas-feiras. Vinha de manhã, ficava na cidade, me levava para almoçar, nós nos encontrávamos depois do expediente. Às vezes ele ia embora à noite, às vezes na manhã seguinte. Nem toda sexta-feira ele vinha, mas pelo menos duas vezes por mês. Estava sempre trabalhando, viajando para outras cidades. Quis fazer uma surpresa no aniversário dele. Ele me disse que ia passar o dia no trabalho e depois iria para casa dormir cedo, porque tinha uma porção de compromissos, mas acabei encontrando a secretária de *lingerie* no escritório dele. Apolo me disse que não sabia de nada disso quando eu o questionei, mas eu não fiquei lá para ver ou ouvir as desculpas. A secretária me envenenou, me chamando de garota das sextas-feiras. Disse que ela era a dos dias vagos e datas comemorativas, mas que ele tinha uma namorada para cada dia da semana. Demorou, mas ele conseguiu me provar que não era nada disso e que eu realmente era importante para ele. Desde a morte dos meus pais, a gente está se aproximando. Eu estava me sentindo sozinha e não queria preocupar a Lu o tempo inteiro, então ele apareceu lá na cidade algumas vezes.

— Você acha que a Luiza vai surtar se souber que vocês estão se vendo, né?

— Ela vai — diz, balançando a cabeça. — Minha irmã viu como eu fiquei no fundo do poço e eu a fiz prometer que não me deixaria chegar lá novamente, por causa do Ryan. Ela não pode nem sonhar que estamos conversando, tentando nos aproximar do jeito certo. Eu disse a ele que não queria continuar um relacionamento daquele jeito, vendo-o apenas nas sextas. Ele disse que se mudaria para Juiz de Fora e eu sei o quanto ele estava arriscando com isso, porque 50% dos funcionários dele estão em São Paulo e a outra parte está espalhada pelo mundo. Desde que eu me mudei para o Rio, ele precisou viajar para a Europa para ficar dois meses lá. Eu não contei que tinha vindo. Quando voltou, ele foi direto para Juiz de Fora e eu disse que tinha me mudado para o Rio. Ele me pediu de um a dois meses para mudar a empresa de cidade, porque aqui no Rio tudo seria ainda mais fácil. Eu disse que tudo bem. Agora o prazo está acabando, ele está quase se mudando de vez e eu estou com medo de dizer para Luiza e ela surtar.

— Eu acho que o pior vai ser o fato de você ter escondido dela tudo isso, Lyli.

— Sei disso. Quando eu mostrar que ele não tinha feito nada daquilo comigo, ela vai entender. Só que eu deveria ter feito isso lá atrás.

Cuida do meu coração　　　　　　　　149

Agora que eu escondi...

— O melhor a fazer é contar de uma vez. Senta com a sua irmã e fala francamente. Antes que apareça a verdade e você fique mal com ela.

— Eu sei o quanto a minha irmã está ralando para fazer Ryan e eu nos sentirmos bem-vindos aqui. Não quero que ela se sinta traída.

— Então vocês duas têm que conversar.

— Assim como você e ela, né, Davi? — Ela me encara, como se soubesse exatamente o que eu conversava com Daniel.

— Você ouviu minha conversa com meu irmão?

— Não, mas eu sei que você não está satisfeito com o que vocês têm. Além de ser muito transparente, dá para ver tudo isso no seu rosto. Sem falar que você está pacientemente esperando por ela há meses. Sei que já disse a ela o que sente, mas ela não disse o mesmo para você. Isso é frustrante, mas conheço minha irmã. Enquanto você estiver aceitando bem o que vocês têm, ela não vai mudar esse status.

Fiquei pensando no que Lyli me disse mesmo depois de termos voltado para dentro de casa, eu ter brincado com minha sobrinha e Ryan, as coisas terem seguido. Eu prometi que não insistiria enquanto ela não estivesse pronta, mas será que algum dia ela vai estar?

No fim da tarde, levei minha cunhada para casa. Estava ansioso para ficar a sós com Luiza, para finalmente conversar com ela sobre o que discuti com Dan e Lyli hoje. Nós nos despedimos, mas não consigo puxar o assunto até entrar em casa.

— O que você quer comer no jantar? — perguntei quando estávamos estacionando.

— Eu estava afim daquele lanche do outro dia. Devia ter dito antes e a gente parava lá, desculpa.

Saio do carro antes de responder.

— Vai subindo que eu dou um pulo lá. O mesmo de sempre?

Assim que ela concorda, eu saio pela garagem e ela pega o elevador. Felizmente, a fila não está grande e eu levo menos tempo que o normal para ir e voltar. Entro em silêncio e deixo as coisas na cozinha. Dog está deitado no tapete da pia, cochilando. Faço um carinho na cabeça dele, que finge nem ter me visto. Chamo por Luiza, mas ela não ouve. Vou na direção do quarto e uma voz masculina, dentro do cômodo, me para.

— Eu já conversei com ela, Lu. Nós já nos acertamos. Não vai ficar assim sempre, eu prometo. É só agora no começo, porque minha filha é muito pequenininha. Eu já estou vendo um apartamento. — Escuto uma pausa e espero. Reconheço a voz como sendo a de Rubens, ex-namorado da Luiza. — Deixa eu mostrar que eu mudei, amor. Eu amo tanto você, deixa eu provar isso.

Vai se foder, porra.

Dou meia volta e saio do quarto, indo até a varanda da sala. Preciso de um cigarro.

152

Carol Dias

Décimo Sétimo Capítulo

Davi

Cada trago no meu cigarro é mais demorado que o outro. Costumo ser rápido para fumar, mas hoje quero passar o maior tempo possível aqui fora. Luiza não gosta que eu fume, então não vem na varanda até que eu termine. Não a ouvi sequer andar pela casa, então continuo adiando o momento que o cigarro vai terminar.

Todos esses meses achando que ela está me traindo. Que conheceu outro cara na faculdade, na rua, no Tinder. Depois desse áudio de Rubens, tudo faz sentido.

É bem provável que, no dia que ela foi demitida, estava falando com ele. Buscando conforto para a decepção que tinha sofrido no ombro que sempre esteve ali para ela. Saindo para beber com o cara que ela realmente amou e não conseguiu esquecer.

Eu me sinto estúpido. Idiota.

Fui feito de bobo e pedi por isso. Não foi ela quem me pediu para ficar, que disse que queria ter algo comigo. Fui eu, tudo eu. Eu perguntei se um dia ela nos via juntos, eu forcei minha presença. Eu apresentei a minha família, eu me ofereci para ajudar. Eu. Eu, eu, eu. É uma merda constatar isso.

— Davi? — Ouço-a chamar de dentro da casa.

— Na varanda, fumando. — Aviso, talvez assim ela não venha até aqui.

— Muito tempo que chegou?

— Não, você estava tomando banho.

— Eu vou te esperar para comer. Entra quando terminar.

Olho o relógio, sete da noite. Será que eu posso deitar para dormir logo depois do jantar?

Deixo o tempo passar, mas não demoro muito mais lá fora. Quinze minutos, talvez. Entro para comer e sei que ela percebeu que não estou muito afim de papo.

— Os pedreiros já deram previsão de quando terminam a parte estrutural da casa?

Ah, sim. Descobrimos que o local onde a casa fica era uma APAC, Área de Proteção do Ambiente Cultural. Por isso, não nos foi permitido demolir a casa inteira. Um fiscal foi até lá quando decidimos começar a obra e conversou comigo e com o engenheiro responsável pela reforma. Disse o que podíamos ou não fazer, quais paredes poderíamos derrubar etc. Do jeito que estava, o projeto me agradava bastante.

— Três semanas.

— Eles não vão parar de atrasar essa entrega?

Dou de ombros. Não sei e não estou com cabeça para falar disso.

Ela fica em silêncio por mais uns minutos, comendo o lanche.

— Acha que vai conseguir fazer aquela pausa em setembro? Eu preciso confirmar com a Amanda se você vai ficar na casa com a gente ou não. Também preciso ver como vou fazer para ir para Arraial se você não for.

— Não sei ainda.

— E quando você vai ter essa resposta para mim? Não quero levar tanto tempo para resolver isso e já tem tempo que falei contigo.

— Melhor você marcar com a Amanda de ir sozinha.

Quem pode saber se ainda vamos estar juntos em setembro?

— Ih, já vi que não quer conversar. — Constata o óbvio, enchendo o copo com um pouco mais de Coca-Cola. — Que bicho te mordeu?

Levanto-me, caminhando até a pia para lavar minha louça suja.

— Nenhum. Eu vou fumar mais um cigarro, depois tomar um banho.

Faço isso. Levo cerca de uma hora sentado na varanda, fumando. Dog se junta a mim e puxo-o para o meu colo. Posso ouvir Luiza sentada na sala, vendo alguma série na minha conta da Netflix. Quando já não tenho mais como enrolar, passo pela sala em direção ao meu quarto. Tomo um banho demorado, achando que vai melhorar, mas piora.

Que porra! Por que as pessoas fazem as coisas pelas nossas costas?

Por que elas brincam com os sentimentos das outras pessoas?

Por que elas preferem insistir naquilo que machuca ao invés de escolher o que faz bem?

Será que eu estava mesmo fazendo bem à Luiza? Será que eu seria a melhor escolha para ela, no final das contas?

Não consigo evitar as lágrimas que caem e agradeço por estar debaixo da água corrente. Permito-me um momento de fraqueza, ser o irmão que sente demais. Meu corpo estremece e eu apoio uma mão na parede. A dor vindo junto com algumas lágrimas. Então ouço a porta do banheiro se abrir.

Recomponho-me no exato momento em que Luiza se junta a mim, colando-se às minhas costas. Os seus braços envolvem meu corpo, sua mão direita acariciando meu corpo. Ela beija o osso da minha nuca e deixa a mão escorregar em direção à minha virilha. Seguro-a na parte baixa da minha barriga, impedindo que continue.

— Lu, hoje não.

Ela solta a mão, voltando a acariciar meu peito.

— Hey, o que houve?

Deixa beijos lentos nas minhas costas. É preciso um esforço fora do comum para me afastar. Desligo a torneira e me afasto.

— Nada, só não estou no clima hoje.

Saio do chuveiro e vou me vestir no quarto. Luiza me segue, enrolada em uma toalha.

— Fala comigo, Davi. Você está estranho desde que voltamos da casa do seu irmão.

— Hoje não, Lu. — Peço outra vez, mas dessa vez falo olhando nos seus olhos. Quem sabe assim ela entenda que não estou no clima.

— Por que não? Não faz isso com a gente. — Então ela faz um bi-

Cuida do meu coração

quinho, ainda achando que estou brincando. — Não é bom para o casal dormir brigado.

— Ah, então somos um casal — murmuro, na esperança de que ela não ouça.

— O que? Não entendi. — O tom é mais sério dessa vez.

— Não quero brigar com você, Lu. Só preciso de um pouco de espaço hoje.

— Espaço é o caralho! — grita. — Vamos conversar e resolver o que quer que esteja te deixando assim.

— Não vamos não. Eu vou dormir no quarto de hóspedes.

Deixo-a sozinha. Ouço as reclamações dela enquanto vou para o quarto, mas ignoro. Jogo-me na cama e coloco os fones de ouvido. Passo o restante da noite jogando no celular, tentando distrair a cabeça. Casal! Ela nos considerar um casal e esconder Rubens de mim só torna as coisas piores.

Para fechar a tampa do caixão, levanto de manhã cedo e evito fazer barulho, para que ela não saiba que já estou acordado. Vejo a luz da cozinha acesa e ouço a voz de Rubens soando lá de dentro novamente.

—... para a gente conversar. Será que você consegue me ver essa semana? Eu te amo, Lu, não vou fazer você se arrepender de me dar essa chance.

— Eu ainda estou tão, mas tão magoada com você, Rubens! Eu estou tentando confiar e te dar uma chance, mas não é simples para mim. Vou pensar e te respondo essa semana, tudo bem?

Mudei o rumo, indo para o meu quarto. Agora que sabia que Luiza não estava lá, podia entrar com tranquilidade.

Quem diria? Quem diria que Luiza, de todas as pessoas, seria tão irresponsável assim com o meu coração? Depois de ter sido traída, eu esperava que ela tivesse o mínimo de compaixão.

Então, a vida me deu outro tapa em formato de lembrete:

Não dá para ser traição, se não foi feito nenhum compromisso.

Quando saio do chuveiro, ela já está no quarto. Murmuro um bom dia, que ela responde. Saio em direção à cozinha e tomo um café bem rápido. Volto para o quarto e ela está se vestindo.

— Eu preciso ir, tenho que resolver uma coisa no estúdio agora. Você tranca quando sair?

— Claro, tranco sim. Posso vir para cá hoje à noite? A gente precisa conversar sobre ontem.

— Desculpa, Lu. Essa semana vai ser puxada no estúdio, devo trabalhar até de madrugada.

— Quando eu posso vir, então?

— Eu te ligo — digo, aproximando-me. Beijo sua testa, para que não pense que ainda estou chateado. — Assim que as coisas ficarem mais tranquilas ou eu tiver um dia mais livre.

— Ok, eu vou ficar esperando você ligar — responde, mas já estou saindo do quarto.

A segunda-feira passa sendo muito produtiva. Luiza me manda mensagens e coisas engraçadas que ela viu, mas não faço disso a prioridade do dia. Não me preocupo em responder ou algo assim. Ela pode ser o motivo de eu sorrir em boa parte do tempo, mas não precisa ser a minha razão de viver. Não vou permitir que ela seja. Traço a meta de tratá-la com a mesma cordialidade que ela me dá.

Cumpri esse propósito durante toda a semana. Respondia quando podia. Via as mensagens quando queria. Não atendia as ligações, estava sempre ocupado. Pedi à Carla, na segunda-feira, que marcasse o máximo de reuniões possível e colocasse o anúncio das vagas que faltavam serem preenchidas para quando mudássemos. Liguei para amigos músicos que poderiam estar pensando em entrar em estúdio para conversar sobre produzir o material comigo, logo que eu me mudasse. Na terça, saí com dois deles. Um no almoço, outro fui visitar em casa no fim da tarde. Na quarta, entrevistei alguns alunos de produção musical, porque queria contratar um estagiário. Na quinta-feira, Luiza me mandou uma mensagem querendo saber como estava a minha semana e quando a gente ia se ver. Dei-me conta de que poderia ter alguma surpresa qualquer dia, então troquei a fechadura da porta.

Foi uma das semanas em todo ano que mais trabalhei, mas sei que

Cuida do meu coração

estou fazendo mais do que o necessário. Horas extras que não precisava fazer. Acompanhei de perto a obra, passando lá sempre de manhã antes do trabalho ou nos momentos em que tinha um intervalo. Ocupei-me com coisas suficientes, porque isso fazia com que meus pensamentos não ficassem tão voltados para a mulher que está comigo, mas não está.

Compor era a única coisa que não podia fazer. Cada linha que escrevo é sobre Luiza, sobre o que ela fez ao meu coração. Ficar longe disso era a melhor decisão que poderia tomar no momento.

Por fora, eu sorria e me mostrava um Davi melhor do que o que esteve presente nos últimos meses. Meu irmão percebeu, meus funcionários perceberam.

Por dentro, toda vez que encostava a cabeça no travesseiro, percebia a bagunça em que me encontrava.

Décimo Oitavo Capítulo

Luiza

A sexta-feira chega com aquele clima chato de agosto. 15°C e um tédio sem fim no escritório. Queria estar no clima da galera que já combinou um barzinho mais tarde, mas a minha vida virou de ponta cabeça completamente. É meu último semestre na faculdade, e, como se não bastasse as coisas estarem complicadas academicamente, a vida pessoal está uma bagunça. Durmo e acordo pensando no que fiz de errado naquele fatídico domingo.

Era Dia dos Pais e Davi sabia que essa seria uma data complicada para minha irmã e eu, então nos convidou para almoçar na casa de Daniel. Eu adoro a família dele, e, apesar de ser apenas a segunda vez que ia até lá, já saímos juntos e fomos a jogos no Maracanã. Tudo correu bem enquanto estávamos lá, eu acho. Ele estava calado, mas não parecia irritado. Ficou um tempo lá fora, mas estava com aquele cigarro asqueroso na boca. Digo frequentemente que o vício vai matá-lo, mas ele não me escuta.

Então nós fomos embora. Da casa de seu irmão até a dele, ele pouco falou, mas acreditei ser normal. Há dias em um relacionamento que a gente simplesmente fica sem assunto. Davi saiu para comprar comida e, quando voltou, ficou na varanda fumando. Passou tempo demais lá, como se tentasse me evitar. Aí a coisa desandou, com a frieza no jantar e a briga antes de dormirmos. Nunca fomos assim. Quando Davi estava irritado e brigávamos por algum motivo, ele se acalmava e me pedia desculpas. Ou, se a culpa fosse minha, ele dizia que não estava chateado comigo e que ia esperar eu me dar conta de que estava errada.

De todo jeito, nós sempre nos entendemos, mas não foi assim dessa vez.

Ele se despediu no dia seguinte me dando um simplório beijo na testa, com uma promessa vazia de que iria me ligar quando pudesse me ver. Uma semana se passou e tudo o que recebi foram ligações ignoradas, além de mensagens de texto curtas e diretas, quando não ignoradas.

E esse é só o primeiro problema da minha vida pessoal.

Na quarta-feira, quando voltei da faculdade, minha irmã me puxou para conversar. Mostrou provas de que Apolo não era um canalha que a enganou. Avisou-me que ele viria morar no Rio e que eles iam tentar outra vez. O infeliz estava mudando toda a empresa de cidade para ficar mais perto da minha irmã. Eu sabia que em breve ficaria feliz, vendo que ele realmente estava cuidando dela, mas não conseguia me sentir assim. Só conseguia pensar no tempo que ela me escondeu isso e que ele poderia machucar o coração da minha irmã a qualquer momento.

Então vamos para o terceiro problema: Rubens. Mas sobre esse não quero dissertar.

Quando saio do estágio, no fim da tarde, recebo uma mensagem de Davi dizendo que está lotado de trabalho hoje e que não pode me ver. É praticamente a mesma coisa que ele me disse a semana inteira, repete até algumas palavras. Cansada, faço meu caminho até o prédio do estúdio.

Seu Otávio me prende por alguns segundos na portaria, mas não me barra porque me conhece como a garota que ficou presa no elevador. Ele sabe que não trabalho mais ali, mas já fui ao prédio outras vezes com Davi. Subo sem ser anunciada e bato à porta. Carla vem abrir.

— Luiza? — Parecia surpresa. — Não sabia que você vinha — diz, parada de forma que eu não possa entrar.

— Davi não avisou? — Ela apenas nega. — Ah, você sabe que ele é um cabeça de vento. — Forço minha entrada. — Ele está na sala dele ou gravando? — Caminho estúdio adentro.

— Gravando — diz o estagiário de direito que ele contratou, mas que não consigo me lembrar do nome.

O rapaz passa por mim em direção à saída e acena para Carla. Não espero que ela diga nada, vou em direção à sala de gravação. A cena que vejo é lamentável. Não consigo me conter e digo o que estou pensando.

— Já que estou em um estúdio de gravação, eu acho que vou cantar para combinar com essa situação. — Respiro fundo e baixo a Naiara Azevedo. — Que cena mais linda. Será que eu estou atrapalhando o casalzinho aí? — canto a plenos pulmões. Não canto bem, mas não me importo.

Queria não ter visto isso. Queria não ter sido traída de novo.

Davi passa meses e meses do meu lado, fazendo promessas, amando-me mesmo sem me dizer. Espera até que eu esteja pronta com uma paciência de Jó. Então faz a mesma coisa que Rubens me fez. Ele me trai.

— Luiza? O que você está fazendo? — Afasta-se da garota no sofá e fica de pé.

— Quem deveria perguntar isso sou eu, seu traidor do caralho! É por isso que não tem tempo para mim, né? Porque estava se pegando com as suas putas!

— Luiza, o que está acontecendo com você? Que escândalo é esse? — Ele respira fundo, parecendo frustrado. Segura meu braço, mas se vira para a outra. — Eu já volto, ok? Desculpa por isso. — Então ele me empurra para fora da sala. — Qual é o seu problema, porra? — grita assim que fecha a porta atrás de si.

Pode fazer escândalo no corredor, mas não na frente da garota. Típico.

— Eu não acredito que depois de saber da minha história com o Rubens você está me traindo desse jeito.

Davi me encara, incrédulo. Quero jogar várias coisas na cara dele, mas tudo o que consigo fazer é olhar em sua direção, a respiração descontrolada.

— É sério isso? Você está me acusando de trair você?

— E você acha que aquilo é o que?

— A porra de um cara solteiro ensinando um acorde no violão para uma artista e amiga! — Ele explode de um jeito que nunca vi antes.

— Solteiro?

Cuida do meu coração

— Solteiro. Você não tem o direito de fazer um escândalo desses no meu ambiente de trabalho e ser imatura a esse ponto. Se você quer me cobrar fidelidade, primeiro aceite ter um relacionamento comigo. Segundo, para de achar que eu sou otário.

— Você está me dizendo que a gente não tem mais um relacionamento?

— Eu estou dizendo que você nunca aceitou ter um relacionamento comigo. Que eu estou de saco cheio de ser o único a me comprometer nessa relação. Que você está vendo coisas onde não tem e que você precisa desaparecer do meu estúdio agora.

Mais de uma veia dele estava saltada. Uma no pescoço, outra na testa. Davi estava furioso e eu queria entender por que, mas sabia que a hora não era agora.

— Eu não vou ficar com você depois de ver que está me traindo, Davi.

Isso só jogou mais lenha na fogueira. Ele esticou o braço para porta de saída e gritou bem na minha cara:

— Sai daqui agora, caralho!

Eu saí segurando as lágrimas.

O que esse idiota está pensando? Se ele acha que eu vou simplesmente aceitar que me trate assim, ele está muito enganado.

Desço as escadas mandando uma mensagem para Amanda. Torço para ela não ter saído do estágio e ido para casa. Quando chego ao térreo, ela diz que vai pegar o metrô para o meu apartamento. Mando mensagem para Lua também, convocando uma reunião para saber a opinião delas sobre o assunto. Minha irmã é a última a chegar, porque passou para pegar Ryan. Ela o deixa jogando videogame enquanto nós três conversamos na sala.

— Davi me traiu.

Começo com a frase de impacto. O queixo de Amanda cai e a sobrancelha de Lua sobe.

— Explica isso direito — pede minha irmã.

— Ele está me evitando a semana inteira, então eu resolvi ir até o estúdio hoje. Eu o encontrei em uma posição comprometedora com umazinha lá.

Um som de espanto sai da garganta de Amanda. Lua continua me olhando desconfiada.

162

— Descreva a posição comprometedora em detalhes — diz minha irmã.

— Os dois estavam sentados no sofá, tocando violão. Ele com os braços em volta dela, segurando a mão que faz os acordes e guiando a outra para dedilhar. O rosto dele estava coladinho no dela assim — demonstro em Amanda, que está mais perto. — O pescoço dela para o lado, a boca grudada no ouvido. Tenho certeza de que tinham transado.

— Você os viu transando? — Lua questiona.

— Não, graças a Deus, mas não sou burra, Lua. Dava para ver na cara dela que a puta queria dar para o meu homem.

— Ô, amiga, vamos com calma. — Amanda começa. — O possível traidor aqui é o Davi, não precisa xingar a garota que não tem nenhum compromisso com você.

— Nem o Davi, né, Luiza? Você está esses meses todos enrolando o garoto, sem aceitar o pedido de namoro dele, dizendo que não está pronta. Você não os viu transando, se beijando, nada do tipo. Como pode cobrar compromisso dele se você é a primeira a dizer que podem ficar com outras pessoas?

— Eu disse isso antes, agora não. As coisas mudaram.

— Mudaram? O que mudou? — Lua rebate, na lata.

— Pelo que você me disse, eu achei que vocês estavam namorando, Lu. É relacionamento aberto?

— Claro que não, pelo amor de Deus! Eu não tenho maturidade para relacionamento aberto.

— Você não tem maturidade para relacionamento, Lu. Ponto final — diz o ser que compartilha os meus genes, categoricamente.

— Como você pode dizer isso, Lua? — retruco — Você nos conhece, conhece meu relacionamento com o Davi.

— Vamos com calma, ok? Vamos fazer uma linha do tempo aqui para analisar esse relacionamento. Você transou com ele no Ano Novo. Estava sofrendo, pegou o primeiro pau disponível para esquecer a dor de ter sido traída pelo Rubens, certo?

— Não fala assim que eu me sinto uma vadia aproveitadora.

— Lu, eu só estou dizendo o que foi. Seu relacionamento com Rubens acabou com aquela traição, então você podia dormir com quem quisesse. Agora presta atenção na linha do tempo e diz o que fez e o que

Cuida do meu coração

não fez.

— Sim, transei com Davi para esquecer a dor.

— Vocês se viram de novo no Carnaval e ele ficou ao seu lado em um dos piores momentos da nossa vida. Dirigiu mais de duas horas em um feriado por você, ficou no hospital, foi a um enterro. Então você estava ferida e não queria se apegar a ele rapidamente, por isso mandou o cara embora, certo?

— Lua, não fala...

— Certo, Lu? Eu só estou mostrando os fatos, sejam eles duros ou não.

— Certo...

— Vocês se encontraram no prédio onde trabalham. Ele foi com você no apartamento antigo e pegou todas as suas roupas e documentos sem reclamar. Te encorajou a isso, porque você estava vivendo com meia dúzia de coisas em casa por medo de encarar Rubens, certo?

— Certo — disse sem questionar.

Como ela disse, eram palavras duras, mas eram os fatos.

— Então vocês saíram de novo e transaram. Você o afastou porque achou que ele estava gostando de você e sua cabeça ainda estava confusa com Rubens e a perda dos nossos pais.

— E você queria dar para geral, porque decretou que Rubens era ruim de cama depois de ficar com Davi a primeira vez, certo? — Amanda disse, completando a fala de Lua.

Eu concordei, escondendo o rosto. Tive umas ficadas aleatórias nesse período com o intuito de averiguar se Rubens era mesmo ruim de cama ou se Davi era um deus do sexo.

— Precisamos de uma confirmação verbal, Luiza. Certo ou errado?

— Certo, Lua.

— Vocês ficaram presos no elevador. Ele te deu um orgasmo lá dentro. Vocês se comprometeram a se verem mais vezes até você estar pronta para dar uma chance a ele.

— Desde então eu não fiquei com mais ninguém. Tentei, mas não conseguia.

— Ele te pediu em namoro e você surtou, porque sentiu que ele ia dizer que te amava. — Minha irmã continuou, sem me dar tempo para respirar — Certo?

164

— Certo.

— Vocês passaram a se ver mais ainda depois disso. Ele disse que não precisava devolver a chave do apartamento dele que estava contigo e você enrolava para devolver. Você deu a ele uma chave da nossa casa.

— E para mim isso foi um indicativo de que tínhamos avançado no nosso relacionamento. Tínhamos um relacionamento, afinal. Conversávamos todos os dias. Nos víamos o tempo todo. Recorríamos um ao outro para dividir coisas boas e ruins. Estávamos namorando, certo?

— Errado! — Amanda negou. — Eu me lembro de você me dizer que ele tinha pedido para você avisar quando estivesse pronta.

— Eu demonstrei com minhas atitudes que estava pronta. Que estávamos em um relacionamento.

— Luiza, pelo amor de Deus! — Minha irmã berrou. — Demonstrou com atitudes? Isso é uma das coisas mais absurdas que já saíram da sua boca.

— Você disse não na cara do homem, mas não teve a capacidade de dizer sim? — Amanda reclamou. — Todo mundo sabe que homens não sabem ler sinais.

— Gente, vocês estão do meu lado ou do lado dele? Davi me traiu!

— Ainda não tivemos confirmação da traição, Luiza — Amanda apontou.

— E estamos do seu lado. Por isso fazemos questão de mostrar que, aparentemente, você está errada.

— O que eu deveria ter feito, então? Pedido Davi em namoro? Eu sabia que era isso que ele queria o tempo todo. Não precisava perguntar para saber.

— Mas ele não sabia que você queria isso, Lu. Homem é bicho lerdo.

— Então ele tinha o direito de me trair porque a gente não estava oficialmente junto?

— Isso mesmo — Amanda confirma. — Continua a *timeline*, por favor, que eu quero entender os últimos momentos antes da acusação de traição.

— Eu digo com convicção porque conversei com ele no domingo.

Virei o rosto para Lua na mesma hora. Domingo foi quando as coisas começaram a ficar estranhas, então é possível que minha irmã saiba

Cuida do meu coração

165

de alguma coisa.

— Sobre o que vocês conversaram?

— Na maior parte, sobre Apolo e eu. O fato de eu não ter te contado ainda. Quis a opinião dele sobre o assunto. Então eu o coloquei na parede, porque dava para ver no rosto dele que não estava satisfeito com o relacionamento de vocês. Eu também sabia que você já estava pronta para dar o próximo passo. Achei que se ele te pressionasse, se vocês conversassem sobre o assunto, isso ia melhorar a relação. Que vocês iam ficar felizes.

— E o que ele disse?

— Que ia falar com você. A conversa não deu certo?

— A gente não conversou. Ele estava estranho quando a gente voltou para casa e não quis falar comigo.

— Espera, vamos fazer uma pausa. — Amanda chamou nossa atenção. — Se à tarde ele queria conversar com você e quando voltaram à noite ele estava estranho, foi algo que aconteceu aí no meio.

— Vocês me deixaram em casa. O que aconteceu depois disso?

— Ele estava meio silencioso, mas parecia pensativo. — Botei o cérebro para funcionar.

— Então vocês subiram e ele ficou assim a noite inteira? — questionou Amanda.

— Não. Eu subi e ele foi na rua comprar nosso lanche.

— Você ficou fazendo o que?

— Respondendo as mensagens no celular e vendo vídeo. Tinha um monte de gente falando comigo, porque eu larguei o celular durante o dia. Tinha um milhão de áudios do Rubens.

— Rubens? Áudios do Rubens? — Minha irmã questionou, estranhando eu ainda estar falando com ele.

É, eu não tinha falado com ela sobre Rubens.

— O bebê do Rubens nasceu e ele cansou de brincar de casinha, agora está atrás da Luiza — Amanda resumiu.

— O que? Você está dando ideia para esse filho da puta? — revoltou-se minha irmã.

— Não é assim, Lua.

— Luiza Monteiro, você não brinca comigo desse jeito. Existe a mais remota possibilidade de Davi ter ouvido você falar com Rubens?

Parei e pensei. Será que ele tinha ouvido? Acho que não.

— O que você estava fazendo quando ele voltou para casa?

— Eu não o vi chegar. Ele disse que eu estava no banho.

— Se ele te ouviu, ele não ia te dizer — Amanda diz, sabiamente.

— Puta que pariu, Luiza, sobre o que era o áudio?

Procuro pelo áudio na conversa com Rubens. Escutamos todos eles e eu fico me perguntando qual deles Davi pode ter ouvido. Todos incriminadores, se ouvidos fora de contexto.

Levanto-me de onde estou e pego minhas coisas para sair, decidida.

— A minha vontade agora é de rebocar a sua cara por ter acusado o cara de te trair quando você o viu vestido, sentado ao lado de uma garota, ensinando a tocar violão, mas fica de conversinha com a porra do seu ex, Luiza!

— Eu vou resolver isso agora! — Anuncio, caminhando para a porta. — Vou na casa dele e esperar até ele aparecer para a gente conversar.

E o plano parecia perfeito. Pedi um Uber enquanto descia pelas escadas do meu prédio e rapidamente cheguei à casa dele. O porteiro me conhecia e liberou minha entrada. A surpresa foi ao colocar a chave na porta: ela não abria. O desgraçado me deu uma chave do apartamento, mas trocou a fechadura.

Cuida do meu coração

167

168

Carol Dias

Décimo Nono Capítulo

Davi

Deixo o corpo cair no sofá ao lado de Paloma, que apenas me encara. Minha respiração saiu de uma vez só. Não sabia nem o que dizer a ela.

— Paloma, sinto muito. Isso foi completamente desnecessário.

Ela começa a rir e se vira na minha direção, sentando com perninhas de chinês.

— O que vocês têm? Qual é a história de vocês?

— Quer mesmo saber? Porque você vai me dar menos crédito depois disso.

Ela franze a expressão, ficando mais séria.

— Você está traindo ela?

— Depende do que você entende por traição. — Ela só continua me encarando e imagino que esteja pensando coisas horríveis sobre mim. — Se uma mulher fala para você que não quer nada sério e que vai ficar com outras pessoas, ensinar um acorde de violão para outra mulher é traição?

— Eita.

— Pois é, eita.

— Prometo esquecer essa situação toda se você me contar a história completa.

Ela abre um sorriso e eu acompanho. Ah, a curiosidade feminina.

Conto a história com o máximo de detalhes possível, já que ela me para e faz perguntas várias vezes.

— Eu entendi sua raiva. Ainda mais se você estiver certo e ela tiver voltado para esse ex-namorado.

— Ela não é o tipo de pessoa que faz escândalo, sabe? Luiza é espontânea, mas não consigo imaginar uma situação em que ela desça do salto dessa forma. Quer dizer, não conseguia. Agora eu vi com meus próprios olhos.

— Possivelmente, a situação de ver você com outra mulher lembrou o que ela passou com o ex.

— É tudo muito confuso para mim, sabe? Por que Luiza teria tanto ciúme se foi ela quem não quis um relacionamento sério? Por que estaria chateada comigo se está de conversa com o ex?

— Você só vai ter essas respostas se conversar com ela.

— Depois de tê-la expulsado hoje, não sei se ela quer conversar comigo. Deu para ver no olhar que ela estava chateada.

— Então segue o baile, Davi. Foi você mesmo que disse que acha que ela está com outro cara. Depois desse tempo todo em que ela só te enrolou, quer cobrar compromisso? São dois pesos e duas medidas? Se ela não quiser falar com você, é hora mesmo de beijar outras bocas.

— Eu não sei se estou pronto para beijar outras bocas, Paloma. — Ela me encara, como se soubesse de algo que eu não sei. — Eu sou afim dela desde que o ano começou. Começamos a ficar com regularidade em abril. Não é só uma garota que eu peguei algumas vezes, eu estou apaixonado por ela. Até superar esse sentimento, não quero sair ficando com gente por aí. Foi o que ela fez comigo e eu não estou pronto para dar esperanças a alguém em algo que não posso cumprir.

— Enquanto você se decide, eu acabei de ter uma ideia melhor. — Ela dá um pulo do sofá, pega o violão e me estende. Depois pega papel e lápis. — Toca aquela melodia que a gente estava trabalhando.

Fiquei mais algumas horas no estúdio com ela trabalhando na canção. Acabou se tornando um dueto entre dois amigos, um cara e uma

170

garota. Paloma tinha alguém que queria trabalhar em mente e disse que ia tentar acertar uma data para vir gravar. Eu tinha me programado para ir à obra, mas desisti da ideia. Só queria ir para casa descansar dessa semana maluca.

Só que não consegui. No momento em que coloquei os pés fora do elevador, vi Luiza sentada no chão, ao lado da minha porta.

A vontade mesmo era dar a volta e ficar a noite inteira na obra, mas virei adulto e caminhei na sua direção. Luiza se levantou, mas não falei nada. Abri a porta e deixei que ela entrasse. Enquanto eu fechava a porta, ela parou no hall, as mãos na cintura e eu já estava com raiva por saber que ela continuava irritada com a situação. Ela não tinha esse direito!

— O que foi que você ouviu? — perguntou quando me virei.

— Do que você está falando?

— No domingo, quando a gente voltou da casa do Daniel. O que você ouviu ou acha que ouviu?

Bufei aborrecido, sabendo que de alguma forma ela descobriu. Ouço o som das patas de Dog se aproximando, mas ele para no fim do corredor e senta. É um milagre, porque esse é o cachorro mais preguiçoso que já vi.

— Rubens dizia que já tinha conversado com a namorada e eles iam terminar. Que ele queria te mostrar que mudou, que te ama, blá, blá, blá.

— E por causa disso você achou que tudo bem jogar a relação que a gente tinha fora e ficar com aquela garota?

— Eu te ouvi dizer no dia seguinte que estava magoada, mas que ia tentar dar uma chance.

— E aí você me afastou e transou com a primeira mulher que viu na frente?

— Luiza, menos. Não fiquei com ninguém. Não estava nem dando em cima dela. E você precisa entender que a gente não tinha nenhum compromisso. Você me disse mais de uma vez que não estava pronta para isso e que ia continuar ficando com outras pessoas.

— Mas eu não fiquei! Do dia em que a gente ficou preso no elevador para cá, eu só beijei você, só transei com você!

— Nem eu, porra! Eu te pedi em namoro, fiz tudo por você! Só que estou de saco cheio de ficar na defensiva, passivo, só esperando que você

Cuida do meu coração   171

sinta vontade de devolver meus sentimentos. Eu quero ser amado, Luiza. Eu te dei meu cora...

— Você quer ser amado? — Ela parece até mesmo irritada com a situação.

— Claro! Não tenho direito de querer isso?

— Você está me cobrando uma coisa que disse que não ia cobrar, Davi! E eu achei que você teria notado que eu mudei com você, que eu estou muito mais comprometida!

— Pelo amor de Deus, Luiza! — grito ficando irritado com essa situação sem limites. — Da última vez que a gente conversou sobre compromisso, que eu pedi você em namoro, você surtou. Saiu puta do meu carro para ir para a faculdade e combinou com alguém de beber, porque eu tenho essa sorte de sempre chegar quando você está no telefone e acabar ouvindo suas conversas. Aí você simplesmente espera que eu pegue um sinal do além dizendo que você está comprometida comigo? Fiquei com um medo do caralho de pedir você em namoro de novo e você me largar de vez.

— Eu não acredito que você ouviu minha conversa naquele dia! Foi por isso que insistiu para me levar até a faculdade, não foi?

— Eu insisti porque eu gosto de te dar carona quando eu posso, porque não ia fazer diferença na minha vida dirigir por mais alguns metros para facilitar a sua vida. Mas eu já deveria saber desde lá... Você saiu com o Rubens naquele dia, não foi? Era por isso que a pessoa no telefone sabia sua rotina na faculdade, porque você estava conversando com seu ex.

— Você acha mesmo que eu estava traindo você com o Rubens?

— Você achou que eu estava te traindo com uma cliente minha!

— Isso é ridículo, Davi! Nós queremos a mesma coisa. Eu quero ficar com você, você quer ficar comigo. A gente já age como casal faz tempo, tem as chaves da casa um do outro. Você é a primeira pessoa que eu falo de manhã e a última antes de dormir. Quando acontece alguma coisa comigo, você é o primeiro para quem eu quero contar, seja ela boa ou ruim. Por que a gente não pode simplesmente continuar de onde parou?

— Porque eu estou de saco cheio dos meus sentimentos não importarem! De amar sozinho. Se você não puder me amar, ser minha namorada de verdade, eu não quero mais ser feito de trouxa.

— Eu não posso prometer te amar agora. Eu gosto muito de você, mas não estou pronta para amar, desculpa. — Ela passa por mim em direção à porta.

Eu me viro, sem acreditar mesmo nisso. Sem acreditar que ela está fechando a porta para nós de vez.

— Você vai voltar para ele? — pergunto, a curiosidade de saber se realmente a perdi para o ex.

— Não — diz, sem se virar, segurando na maçaneta. — Eu não o vejo há muito tempo, só disse aquilo porque ele não largava do meu pé.

Droga. Inferno. Por que tem que doer tanto? Quero arrancar essa droga de coração do meu peito!

— Lu, se você for embora agora, eu preciso que me liberte. Que não me procure mais, que não volte. Que me deixe ser feliz com outra pessoa e me devolva o meu coração. Mas não é isso o que eu quero. Eu quero que você fique e dê uma chance para nós. Quero tentar de novo. — Respiro fundo e engulo em seco. — Nosso futuro está em suas mãos.

Ela leva alguns minutos para se decidir e eu assisto o movimento das suas costas enquanto respira. Não me atrevo a me aproximar, porque quero que ela seja responsável por tomar essa decisão sozinha.

— Adeus, Davi.

Ela sai e bate a porta atrás dela.

Luiza

Resisto fortemente até chegar em casa. Abro a porta e tanto Amanda quanto Lua estão no sofá, vendo Netflix. Ryan está deitado no colo da minha irmã, dormindo. Elas me encaram quando escutam que cheguei em casa e meu rosto deve denunciar que as coisas deram errado, porque Lua levanta com Ryan no colo na hora.

— Merda, espera, eu já volto.

Tiro a sapatilha, deixo ao lado do sofá. Solto a bolsa para que ela caia no chão. Amanda bate no espaço vago ao seu lado e eu me sento, puxando as pernas para cima e abraçando-as. Lua volta na mesma hora.

— O que houve? Era para você estar fazendo sexo de reconciliação agora mesmo.

Não aguento e as lágrimas começam a descer devagar.

— A gente não conseguiu chegar a um acordo.

— Por quê? — Amanda pergunta, passando um braço pelos meus ombros.

— Porque eu fui burra e disse que não estava pronta para amá-lo.

— Ah, irmã...

Lua encosta o queixo no meu ombro e segura a minha mão.

— O mais irônico é que depois que eu saí de lá — faço uma pausa para fungar — percebi que não consigo ver um futuro em que Davi não esteja e isso só pode significar uma coisa.

— Que você está com os quatro pneus arriados pelo cara.

Não respondo verbalmente, apenas aceno para mostrar à Amanda que ela está certa. Duas frases poderiam resumir a minha vida nesse momento:

Eu estou apaixonada por Davi.

Eu estou completamente fodida.

Vigésimo Capítulo

Davi

A porta da minha sala abre e vejo Carla colocar a cabeça para dentro. Tiro o *headphone*.

— Chefe? — Aceno para que ela continue. — Ester, das Lolas, está aqui. Quer saber se você pode recebê-la.

— Claro. Peça que ela entre.

Carla acende a luz da sala e sai. Eu gosto de trabalhar nas faixas com a luz apagada e preciso piscar algumas vezes quando a claridade fere meus olhos. Salvo o projeto e aguardo. Ester entra, linda como sempre, com um short jeans e uma daquelas blusas cortadas que as mulheres estão usando e eu não sei o nome. Equilibrando-se no salto altíssimo, ela me cumprimenta com dois beijos e um abraço.

— Desculpa aparecer assim sem marcar um horário. Você tem um tempinho para conversarmos?

— Para você eu sempre tenho, Ester. Tudo bem se a gente for tomar um café aqui na padaria?

— Ótimo. Comeria alguma coisa sem problemas.

Eu peguei a carteira e coloquei no bolso, junto do meu telefone. Passei por Carla e disse onde estava indo, que ela podia me ligar se algo acontecesse. Chamei o elevador, que já estava no andar.

— Conta as novidades, Davi — pede, então nós entramos.

— Hm, já falei do estúdio novo?

Ela franze a sobrancelha e eu sei que não contei. Há muito tempo não conversávamos.

— Você está de mudança?

— Sim, para uma casa na Urca. Estamos fazendo uma reforma no lugar, a estrutura agora está quase toda pronta.

— Que bacana, Davi!

— É, eu estava precisando expandir. Vou fazer um *open house* quando ela estiver pronta, porque quero que conheçam o lugar.

— Está pensando em algo de diferente lá?

— Sim. Eu vou montar duas salas de gravação, uma um pouco maior do que a que eu tenho atualmente. Quero fazer uma sala para o pessoal do administrativo trabalhar, porque surgiu a necessidade de ter uma equipe própria. Também vou ter uma área para os músicos que nos visitam confraternizarem, fazerem música de forma mais descompromissada... Quem quiser trabalhar daqui do estúdio compondo, eu vou ter uma sala de composição também. Estou planejando que lá seja mesmo uma casa para os artistas, sabe? Um lugar agradável, já que boa parte dos meus músicos passa o dia inteiro lá quando tem gravação.

O elevador para no térreo e nós interrompemos a conversa por alguns minutos. Ela retoma quando começamos a caminhar em direção à padaria.

— Acho que vai ser bem bacana o que você quer fazer, Davi. Eu adoro estar em estúdio e poderia passar um dia inteiro em um lugar com um sofá como aquele seu.

Começo a rir, pensando que ele é mesmo muito confortável.

— Eu fui à loja onde comprei aquele sofá e mandei fazer vários outros iguais. Pretendo espalhar no lugar inteiro.

— Eu vou alugar um daqueles sofás assim que você inaugurar. Já tem uma data?

— Eu não tenho, mas deve ser para o final de outubro. As Lolas já estão pensando em CD novo?

— Bom, é sobre isso mesmo que eu quero conversar.

Chegamos à padaria, mas antes de entrarmos eu faço com que ela pare e a encaro. Algo está errado.

176

— Vamos fazer nossos pedidos e falar sobre o assunto.

Nós nos sentamos no balcão. Peço um misto quente e um americano. Ester escolhe um pão na chapa e uma média[7].

— Você tem ouvido o que estão dizendo sobre as Lolas? — ela pergunta, assim que a atendente se afasta com nosso pedido.

— Eu ouvi por alto, mas não dei atenção, porque sei que metade é mentira. Estava esperando minha vida acalmar para ligar para vocês.

— A banda acabou. — Eu a encaro surpreso, porque essa é uma afirmação bem séria. — A Rai acabou de lançar carreira solo, Bia está chateada demais para sequer dar as caras nos compromissos, Thai está tentando juntar os pedaços da banda e Paula está grávida. Eu desisti e vou correr atrás de lançar minhas coisas. Quero ser a Beyoncé e não a Michelle desse Destiny's Child.

— Isso foi horrível, Ester. Michelle tem seu valor.

— Pode ter, mas eu não quero ficar esquecida. Ser cantora é meu sonho, sempre foi e eu não vou desistir.

— E você veio me procurar porque quer gravar algumas faixas?

— Não, Davi. — A atendente chega com nossos pedidos e ela faz uma pausa. — Eu quero que você seja o produtor do álbum inteiro. Quero que você me ajude a achar meu som, minha música. Porque eu sei a direção que eu quero ir, mas não sei ainda como fazer.

— Eu sinto muito por ouvir isso, Ester. Eu tinha um orgulho enorme de dizer que vocês eram uma das poucas *girlbands* em que eu já tinha visto amizade verdadeira.

— Eu tinha orgulho disso também, da nossa amizade. Mas parece que em 2018 tudo desandou para nós.

Eu podia entender essa situação. Fiquei em silêncio, digerindo.

— Como você está, Ester? Eu nem perguntei.

Ela dá de ombros.

— Acho que estou bem agora. Eu ainda faço terapia, mas já faz um tempo que me sinto mais como eu mesma antes do que aconteceu. Bruno tem ajudado.

— Vocês finalmente ficaram juntos?

---

7 Média é um tipo de café muito pedido nas padarias cariocas. É servida em um copo americano, metade café, metade leite.

Cuida do meu coração

Ela sorri genuinamente.

— Depende do que você entende por ficar juntos. Nós já estamos saindo há bastante tempo, mas eu sempre disse a ele que queria estar me sentindo bem com tudo o que aconteceu antes de ter um compromisso. Ele também não tinha pressa, com a promoção no batalhão e tudo mais. Então nós fomos ficando juntos, saindo quando dava, fazendo bastante sexo, até que as coisas começaram a convergir e nós estamos namorando.

— É, parece outra história que eu conheço, mas sem esse final feliz.

— Sua história com a amiga da Paula?

— A banda inteira sabe que eu estava ficando com Luiza?

— É um grupo de garotas, querido. As histórias correm. Agora me conta o que houve para você não ter tido um final feliz.

— Não deu certo por vários motivos. Desencontro de informações, falta de interesse da outra parte...

— Ah, não. Nada dessas histórias vagas, Davi. Pode ir me contando o problema todo.

Pela milésima vez, contei à outra pessoa o que estava acontecendo entre Luiza e eu. Como o relacionamento começou, o fato de ela ter assumido que eu deveria saber que ela estava levando nosso relacionamento a sério sem ter dito... Contei tudo.

— Isso é algo que nós mulheres fazemos com frequência, sabe? Assumimos que vocês vão saber de algo a respeito de nós apenas pelo olhar. Lemos muitos livros de romance que nos enganam. A verdade é que vocês não têm bola de cristal, como poderiam saber?

— O pior para mim não foi nem isso — digo, frustrado só de estar relembrando a situação. — Eu não sei se ela me ama, mas sei que se importa. Sei que consegui penetrar o escudo que ela vestiu todos esses meses para não se magoar de novo. Eu estava disposto a ser paciente, mais do que já tinha sido. Eu só queria que ela admitisse que estávamos juntos, éramos um casal. E que esquecesse a porra do ex, porque pelo que o babaca fez, ela não deveria nem ter dado ideia.

— E como ela ouviu o que o idiota tinha a dizer, você acha que ela ainda tem sentimentos por ele.

Eu concordo, derrotado. O que eu teria que fazer para que ele deixasse de ser tão importante para ela?

— É a única solução que eu tenho.

O celular de Ester toca e ela pede licença para atender.

— Oi, mozi. — Silêncio. — Ah, eu vim na padaria tomar um café com o Davi. É na mesma rua. Você vem até aqui? — Mais um silêncio antes que eles se despedissem de forma melosa. — Deixa eu te explicar uma coisa, Davi. Olhando para a sua história de fora, eu acho que sei qual é o problema principal, o real motivo para Luiza ter te afastado por tanto tempo.

— Nossa, eu adoraria um conselho que realmente funcionasse nesse momento.

— Luiza está apaixonada por você.

Eu começo a rir, porque essa é uma das coisas que tem mais probabilidade de não ter acontecido. Vejo o namorado dela entrar na padaria sem uniforme e aceno para ele. Ester vira de costas e eu vejo o sorriso dos dois se escancarar quando trocam olhares.

Bruno é um cara alto, suponho que tenha uns dois metros de altura. É todo musculoso, do jeito que metade das mulheres sonha. Ele é policial e trabalhou tanto no caso da Thainá quanto no da Ester. Eu era grato por ele ter ajudado essas duas mulheres incríveis quando elas mais precisaram.

Depois de um beijo rápido, ele vem na minha direção.

— E aí, cara! — Estende a mão para bater na minha. — Espero não estar atrapalhando a reunião.

— Bom, a verdade é que eu estou mais alugando o ouvido da sua namorada com meus problemas amorosos do que qualquer outra coisa.

Ester ri, nós pegamos nossos lanches e vamos nos sentar em uma das mesas, para conversarmos melhor.

— Nós conversamos um pouco sobre o CD, mas eu acabei descobrindo que ele e Luiza estavam com problemas no relacionamento, então estou tentando ajudar.

— Ester gosta disso, cara. Já deu conselhos amorosos a todos do meu batalhão, inclusive para a minha delegada.

— Delegata, você quer dizer, né? — ela diz, subitamente animada. — Davi, se você e Luiza não derem certo, precisa conhecer a Ananda, delegata lá de onde o Bruno trabalha. Ela é um mulherão da porra.

Cuida do meu coração

179

— Eu ia adorar. — Rio, sabendo que não conseguiria sair com um mulherão da porra no momento, não com o meu coração no estado em que está. — Mas não agora. Eu não consigo nem pensar em ficar com alguém, porque quando meu coração se envolve nas histórias, eu acabo realmente me tornando um trouxa. E meu coração ficou mais do que envolvido nessa.

— Por falar em coração, deixa eu voltar para onde eu estava no meu conselho, porque Bruno acabou atrapalhando.

— Por favor, eu estava ansioso por ele.

— Luiza está apaixonada por você. E mulheres apaixonadas que passaram por situações difíceis recentemente fazem um monte de merda. Você pode perguntar ao Bruno como foi difícil quando a gente começou a sair. Pode perguntar ao Tiago, da Thainá. A gente está passando por algo complicado e, muitas vezes, tem dificuldade para amar e valorizar a si própria. Sempre que a gente encara uma situação complexa, parece que precisa tirar um tempo para si até tudo entrar nos eixos. Só que cada uma de nós faz isso de um jeito. Eu escolhi que esse tempo eu ia passar com o Bruno, porque uma das minhas metas pessoais era seduzir esse homem todos os dias. Minha terapeuta que me mandou fazer as tais metas, disse que ajudaria e realmente ajudou.

— E você acha que a Luiza quer se encontrar primeiro antes de estar pronta para ficar comigo?

— É a única coisa que faz sentido para mim. Eu acho que ela tentou ficar com você todo esse tempo sem se envolver muito, e, quando percebeu que tinha se apaixonado, surtou e se afastou, porque não estava pronta.

— Porra, algum dia você acha que ela vai estar? Porque estamos em agosto, nós combinamos de ficar juntos em abril! Eu estou de saco cheio já de ficar de braço cruzado esperando para saber em que ponto estamos.

— Ih, Mozi, fala para ele. — Ester aperta o braço dele. — Conta como eu era com você quando a gente começou a sair.

Bruno ri e eu fico me perguntando como o cara aguentou o furacão Ester.

— Amigo, essa mulher era um problema. Se eu fazia qualquer coisa mais romântica, ela virava para mim na lata: você não está se apaixonando por mim não, né? Porque eu não tenho tempo para lidar com homem meloso — diz, fazendo a voz soar aguda ao imitá-la. Nós começamos a rir da situação, principalmente porque pude imaginar Ester fazendo exatamente isso. — Mas, secretamente, ela mandava mensagem para as amigas dizendo que eu era um sonho.

— Isso é mentira — defendeu-se.

— Amorzinho, pode dizer a verdade ao Davi. Ele não vai judiar de você.

— Você não me provoca, Bruno, ou eu vou te ensinar o caminho de casa já, já. — Aponta um dedo para ele enquanto fala em tom de ameaça. Depois, vira-se para mim. — O ponto é: primeiro a gente nega a todo custo que está apaixonada. Aprendemos isso com vocês. Só que no final, a gente não consegue resistir a um homem que nos trata bem, que nos coloca em primeiro lugar na vida. Que mostra todo dia que nós somos únicas. E eu te conheço, Davi, sei que você é assim, então é impossível Luiza não ter se apaixonado.

— A menos que ela seja lésbica, então ela vai preferir algo específico que você não tem.

Nós conversamos mais um pouco antes de nos despedirmos, porque Ester e Bruno iriam sair. Bruno continua me contando alguns dos perrengues que passou com ela e eu compartilho alguns dos meus. O senso de camaradagem que surge em trocar esse tipo de história com outro cara é incrível. No meu caso, deu-me esperanças de que Luiza e eu ainda tínhamos chance.

É por isso que em vez de voltar para o trabalho, eu espero o casal se despedir e procuro na agenda o número de Lyli.

Cuida do meu coração

181

Carol Dias

Vigésimo Primeiro Capítulo

Davi

Esse pessoal que fica horas dentro do carro vigiando algo ou alguém em filmes e séries não tem um pingo de noção da realidade.

Sério, de verdade. Eu precisava ficar de olho em Luiza e Rubens, que conversavam no restaurante à minha frente, por isso me recusava a ficar no celular por muito tempo ou ler um livro. Ou fazer qualquer coisa que me obrigue a tirar os olhos da mesa deles por mais de 60 segundos.

Quando atendeu, Lyli me disse que Luiza estava fora. Então a conversa continuou mais ou menos assim:

— Sabe onde ela foi? Se ela vai demorar?

— Desculpa, Davi. Eu sei que você gosta dela, então preciso dizer que você não vai gostar da resposta. Melhor eu não dizer.

Expiro o ar dos pulmões de uma só vez.

— Saiu com o ex? — Lyli ficou em silêncio, o que só confirmou. — Eles voltaram?

— Não, não é isso. Quer dizer, eu não sei. Ela me disse que não, que eles só precisavam conversar, mas o que alguém teria para falar com um ex babaca como o Rubens?

— Lyli, você acabou de assumir o posto de minha cunhada favorita. — Ela gargalhou do outro lado da linha. — Quer dizer, "cunhada" entre aspas. Você sabe por quê.

— Eu te entendi, Davi. E só falei verdades.

— Onde eles foram jantar? Quero saber se o lugar tem cara de "estamos reatando" ou "esse é o fim, adeus".

Ela me deu o endereço desse restaurante na orla de Ipanema. Disfarcei um pouco para que ela não percebesse que eu estava averiguando apenas para saber onde era. Estava me sentindo meio *stalker*, se posso ser sincero. Estacionei o carro na parte central da pista e fiquei de lá olhando o movimento. Era de vidro, então foi fácil enxergar os dois sentados em uma mesa perto da janela. Foi a minha sorte, porque pude interpretar a linguagem corporal dos dois.

Luiza vestia-se como sempre ao sair do estágio. Eu tinha colocado o rádio do carro para tocar baixinho e estava esperando o tempo passar enquanto ouvia, mas o tédio me tomava. Já tinha cansado de assistir Rubens sorrir como se aquele fosse o dia mais feliz da vida dele e tentar envolver Luiza na conversa. Ela parecia na defensiva, boa parte do tempo sentada para trás, os braços cruzados. A verdade é que posso dizer que estou sendo totalmente parcial nessa análise, vendo só o que eu quero. Não quero acreditar que seja uma reconciliação, já que só estou aqui porque acredito em uma reconciliação nossa.

Devo estar sentado lá há uma hora quando meus olhos começam a se fechar de verdade. Sei que não é muito tempo, mas para mim pareceu. Um compilado de duas vidas poderia ter acontecido ali de tão extenso que pareceu. Foi inevitável que meus olhos começassem a se fechar. Minha sorte foi que, em um dos momentos em que eles estiveram abertos, eu vi Luiza ficar de pé em um ímpeto raivoso. Sentei-me melhor no banco, encarando a situação que passava ali. O rosto dela estava franzido e ela parecia ultrajada. Poderia jurar que empurraria a tampa da mesa para cima, de forma que tudo caísse sobre Rubens.

Luiza abriu a bolsa e tirou a carteira. Pegou algum dinheiro, jogou ali em cima e deu as costas para um Rubens que estendia o braço, tentando alcançá-la.

Liguei o carro e olhei para a direita, de onde vinham os carros. O si-

184

nal tinha acabado de fechar, então era o momento perfeito. Acelerei e saí da vaga, parando novamente quando estava na porta do restaurante. Saí do carro e dei a volta, parando ao lado da porta. Dois segundos depois ela saiu e eu agradeci por meu timing ter sido tão bom.

— Não sai assim, porra! — É a voz do Rubens. Abro a porta do carro e Luiza levanta o rosto. Vejo que me reconhece, mas estranha minha presença. — Lu, a gente precisa conversar.

— Já conversamos e eu já disse que é para você pegar essa proposta absurda e enfiar naquele lugar que você sabe bem qual é. Finge que eu não existo, Rubens. — Entra apressada no meu carro e eu bato a porta.

Ele tenta vir até a janela para falar com ela, mas entro no caminho e coloco a mão no seu peito, impedindo.

— Volta para o restaurante, paga a sua conta e para de procurar a Luiza, cara.

— Você é aquele filho da puta que estava comendo ela, não é? — perguntou, parecendo me reconhecer. — Porra, Luiza! — esbravejou, tentando ver por cima do meu ombro. — Você disse que tinha parado de sair com ele.

— E parou, mas isso não significa que você é menos babaca. Agora faz o que eu disse, volta para o restaurante antes que esse filho da puta aqui perca a cabeça e arraste você até lá.

Faço minha cara mais assustadora. Não sou assim, nem de perto. Como todos dizem, sou incapaz de ferir uma pessoa.

Mas sou bom em intimidar. O porte, a barba. O par de óculos escuros que estava usando. Posso parecer uma muralha intransponível. Sei que é assim que Rubens me vê, porque a raiva transborda dos seus olhos, a mão está cerrada em punho, mas ele não me atinge fisicamente.

— Você não cansa de ser o pau que ela transa enquanto espera eu resolver minha situação? Não te incomoda que a gente vá para um motel diferente dessa cidade cada vez que vocês dois brigam?

Então é assim que ele quer me atingir. Emocionalmente.

Ele só não sabe que eu sou vacinado contra ex-namorados ciumentos. Já tive que lidar com vários.

— Agora você vê! — Perco a pose de mau, porque começo a rir bem na cara dele. — Ela não é minha namorada, nunca foi. Não me im-

Cuida do meu coração

185

porta com quem ela fica toda vez que a gente briga. — Coloco os óculos na cabeça para que o infeliz me veja olhando para ele. — O importante é que ela nunca saiu insatisfeita da minha cama. Da sua, não posso dizer o mesmo. Eu ouvi cada história… — Ele me olha um pouco ofendido. Quando está prestes a rebater, eu continuo. — Agora volta lá para dentro como um adulto, paga a sua conta e esquece que essa mulher existe.

— Já acabou o campeonato de mijo? — Luiza grita, abaixando o vidro. — Que saco vocês dois!

— Você é um moleque, Rubens. Um moleque que ficou com um mulherão da porra esse tempo inteiro, mas não soube valorizar. Sai da nossa vida e não vem estragar a chance da Luiza de encontrar um homem de verdade, porque se não for eu, vai ser outro. Só não vai ser você com as suas promessas vazias e essa dificuldade de manter o pênis dentro da calça.

Dou a volta no carro sem me dar ao trabalho de discutir mais, dando partida imediatamente.

— Se você acha que podia mijar ao meu redor como um cachorro só porque eu entrei no seu carro, está enganado. Eu não preciso que homem nenhum me defenda.

— Eu não estava fazendo essa coisa ridícula que você me acusa. Acontece que babacas como o seu ex precisam que outro homem imponha limites para aprender a respeitar. É uma merda, mas infelizmente a gente ainda vive em uma sociedade assim. Desde que eu quero que você se veja livre desse cara de uma vez por todas, eu defini um limite por você. Peço desculpas se você sentiu que eu estava passando na sua frente. Agora, será que a gente pode conversar como os dois adultos que nós somos? Sem subterfúgios, mentiras, nada? Sendo sinceros mesmo que doa?

— Sim, vamos. Onde quer fazer isso? De preferência, um lugar com comida.

Nós paramos em um quiosque na praia, onde ela pediu um hambúrguer e refrigerante. Pedi o mesmo, encontrando um lugar para sentarmos de frente para a praia. Havia um grupo de crianças na areia treinando algum esporte que eu não reconheci. Já havia escurecido, mas eles estavam mais do que felizes. Acho engraçado como o esporte pode dar um sentido, uma direção para as pessoas.

— Eu sempre odiei esses restaurantes que o Rubens gosta de ir. Passei o dia inteiro no estágio, estava azul de fome e o jantar era um punhadinho de um macarrão. Fala sério! — diz quando o lanche chega. Para arrematar o desabafo, ela dá uma mordida enorme no sanduíche, molho sujando seu queixo.

Ah… A mulher dos meus sonhos!

Controlo-me para continuar a conversa, porque não quero ceder sem garantias.

— Nunca comi lá. É bom, pelo menos?

— Já fui a lugares melhores — responde, depois de terminar de mastigar.

Assim que nós dois engolimos a comida, ela me encara. Nós saímos do quiosque e começamos a caminhar na areia.

— Vamos conversar, Davi. Diz o que você está guardando nesse coração amargurado e eu digo o que está no meu.

— Vamos prometer responder as coisas sem nos sentirmos intimi-dados, envergonhados ou ofendidos?

— Vamos. Quero que a gente defina a situação de uma vez por todas.

— Primeiro de tudo, eu quero tirar uma coisa do peito. — Encaro-a por alguns segundos, criando coragem para dizer tudo o que preciso, mesmo que vá ser massacrado em seguida. — Eu amo você, Luiza. To-das as coisas que eu fiz, os erros que eu cometi, as mágoas que guardei… A verdade é única. Eu amo você e é por isso que eu ainda estou aqui, que eu não desisti.

— Já que você está dizendo tão abertamente, lá vai. Eu estou apai-xonada por você, Davi. Desde o primeiro dia, quando a gente ficou na-quela festa, eu sabia que você era especial. Que você era o cara perfeito. Eu só estive abalada demais com tudo o que aconteceu para assumir isso, para me entregar ao que temos.

— Então você tomou a estúpida decisão de me afastar, para não me magoar. E repetiu isso algumas vezes desde que nos conhecemos. Estou certo, não estou? — Parei onde estávamos, já que chegamos bem perto de onde as ondas batiam.

— É, eu faço isso com certa frequência.

Cuida do meu coração

187

A irritação sobe pelos meus poros.

— Porra, por que você fez isso? Luiza, eu sou adulto! Eu sei lidar com um coração partido, essa não seria a primeira vez. Você disse que está apaixonada por mim, por que você não parou de bobeira e me deixou te amar de verdade? Não largou os seus achismos e deixou a gente ser um casal?

— Mas, Davi, o que você precisava mais para ter certeza de que éramos um casal de verdade? Você é o número mais discado da minha agenda. Eu deixo a nossa conversa no Whatsapp fixada no topo, mas nem precisaria, porque eu falo com você o tempo inteiro. Tudo o que acontece na minha vida, a primeira pessoa para quem quero contar é você. Nós temos as chaves da casa um do outro, conheço sua família e você conhece a minha. Sei o que aconteceu de mais doloroso na sua vida e você segurou a minha mão nos momentos mais difíceis para mim esse ano. O que faltou para você? Que eu te dissesse "sim"? Então pronto. Sim, Davi, eu queria namorar você. Achei que estávamos namorando. Sim, Davi, eu vejo o meu futuro do seu lado. Sim, Davi, eu quero mudar o status do meu Facebook para "em um relacionamento sério". Sim, Davi, eu estou pronta para esquecer que Rubens sequer existiu na minha vida e começar a nossa história de novo. O que eu preciso fazer para você entender isso de uma vez?

— Falar! Abrir a boca e falar, porra! Dizer todas essas coisas para mim, na minha cara, em vez de esperar que eu deduzisse isso. Luiza, quando eu pedi você em namoro, você surtou completamente! Você percebeu que a gente estava namorando depois que eu fiz o pedido, mas todas essas coisas que você sentiu já estavam dentro de mim antes disso. Desde aquele dia no elevador você é a primeira conversa do meu Whatsapp, o número mais discado da minha agenda. Eu sempre quis conhecer a sua família e fui eu quem te deu as chaves primeiro. Então sim, Luiza, eu precisava que você me dissesse "sim" para que eu entendesse de uma vez o que estava acontecendo com a gente.

Ela ficou me encarando pensativa, os lábios levemente abertos. Então sentou na areia e me puxou para sentar de frente para ela.

— Meu Deus, como eu fui estúpida! — diz sem nem me olhar.

— Sim, um pouco — não facilito para ela.

— Eu acabei de me colocar no seu lugar por dois segundos. Desculpa. Sempre pareceu tão claro para mim, mas eu acho que teria ficado com as mesmas dúvidas no seu lugar. Amo isso em você, Davi — seu olhar sobe para me encarar. — Você sempre respeitou o meu espaço, sempre me perguntou. Algumas mulheres amam homens que simplesmente venham e tomem o que é deles, acham que isso é ter atitude. Para mim, isso é alguém que não conhece limites. Desculpa por todas as vezes que eu não fui clara. Obrigada por não ter me pressionado além do que eu aguentaria, por não ter simplesmente chegado como um homem das cavernas e batido no peito que eu era sua propriedade.

— Eu tenho um pezinho em Minas, Lu. Como pelas beiradas.

Ela abriu um sorriso e eu amei vê-lo. Ventava um pouco, seu cabelo balançava.

— Davi, você acha que a gente ainda pode ter uma chance?

Era a pergunta de um milhão de dólares. Se ela prestasse um pouquinho de atenção no que estava acontecendo, saberia exatamente a resposta. Mas eu não a julgava. Como eu precisei um dia, essa era uma situação que clamava por uma confirmação verbal.

E é por isso que, antes de dizer a ela, eu precisava questionar a única coisa que poderia me fazer mudar de ideia.

— Como estão as coisas entre você e Rubens? O que realmente aconteceu?

Os ombros de Luiza caíram junto com sua respiração. Ela parecia tão cansada da situação como eu estava.

— Ele desabafou todas as situações complicadas que está vivendo com a mãe da filha dele. Eu sempre soube que eles não iam dar certo, porque ela não é o tipo de mulher que Rubens aguentaria por muito tempo. Para uma transa de vez em quando sim, para dividir uma vida não. Ele me contou como foi que eles ficaram juntos e eu não acredito que tenha me dito a verdade, uma das razões pelas quais eu não poderia dar uma segunda chance a ele. Não consigo tolerar traição e acho que foi por isso que surtei quando vi você com aquela mulher.

— Eu sinto muito por isso, Lu. Eu realmente não tinha interesse nela, não gosto de misturar as coisas assim. Sem falar que eu só conseguia pensar em você o tempo todo. Mesmo que estivesse muito, muito

Cuida do meu coração

magoado.

— Eu peço desculpas pela minha atitude. Se precisar, eu peço desculpas a ela também.

— Ela não ficou chateada, mas seria bom no caso de ficarmos juntos. Ela assentiu antes de continuar a falar sobre Rubens.

— Ele se aproximou e queria voltar o nosso relacionamento de onde paramos, mas eu não consigo. Nunca conseguiria confiar nele de novo. Eu nem o amava mais. Não sei por que continuava dando ideia para ele e peço desculpas por todas as vezes que você ouviu algum áudio nosso e duvidou do que nós tínhamos. Juro que não aconteceu nada com a gente.

— Nas vezes que você ficava no celular de madrugada, estava conversando com alguém? Com Rubens ou algum outro cara?

— Não, juro. — Balançou a cabeça para confirmar. — Se você quiser, deixo procurar no meu celular. Não apago minhas mensagens. Eu só estava surtando com a faculdade e ficava vendo coisas, respondendo e-mails e conversas. É que eu queria estar com você, mas isso me fazia negligenciar algumas áreas da minha vida. Enquanto você dormia era uma oportunidade de resolver essas coisas.

— Uma última pergunta então, Lu. E eu preciso que você seja extremamente sincera nela. — Assentiu, olhando no fundo dos meus olhos. — Você vê um futuro para nós dois? Acha que está pronta para me amar abertamente?

Luiza segurou minhas mãos e entrelaçou nas dela. Beijou os nós dos meus dedos, sempre com um sorriso no rosto. Então segurou minhas duas mãos abertas em cima do coração.

— Eu já deveria ter dito isso antes, então peço desculpas por ter demorado tanto. É seu, Davi. Meu coração é inteiramente seu para cuidar. Assim como você já me deu o seu e eu sinto muito por não ter dado a ele o melhor tratamento. Prometo mudar as coisas daqui para frente, se você aceitar que ele ainda fique sob minha responsabilidade.

— Então sim, Lu. A gente pode ter uma chance. Eu quero muito que a gente tenha.

Ela sorri completamente, impulsionando o corpo para frente. Joga os braços ao redor do meu pescoço, beijando meus lábios. Perco o equilíbrio e caio para trás, as costas batendo na areia. Esqueço-me de onde estou, do que acontece ao meu redor. A saudade que tinha daqueles lábios me domina. Então uma onda mais forte vem e molha a nós dois completamente.

Ela grita e se afasta. Começo a rir, pensando que o mar não deveria estar tão feliz quanto nós dois. Luiza também ri quando percebe o que aconteceu.

Levantamos e faço questão de entrelaçar a mão direita na dela. Colo nossos corpos o máximo que posso e seguro seu rosto com a mão livre. Beijo aqueles lábios doces devagar, saboreando cada centímetro deles. Ah, essa mulher… Meu coração começa a se remontar, as peças voltam a se encaixar.

— Eu te amo, Luiza — sussurrei baixinho, então só ela ouviria, mesmo que a praia estivesse bem vazia no momento. — Esperei tanto para poder dizer isso sem medo.

— Eu também te amo, Davi, mas ainda estou aprendendo a te retribuir de verdade. Peço desculpas se eu fizer alguma besteira. Não posso te dar nenhuma certeza de que as coisas vão dar certo daqui para frente, porque tenho o dom de cometer erros.

— Não se preocupa, Lu. — Aperto sua mão na minha e beijo-a mais uma vez. — O amor é mesmo cheio de incertezas.

Cuida do meu coração

Carol Dias

Vigésimo Segundo Capítulo

Davi

Clico no ícone do Instagram assim que as portas do elevador se abrem. Luiza é a primeira foto dos *stories* e clico para ver. É uma foto dela dentro do meu carro, lindíssima, com uma frase curtinha: "hoje é o grande dia!" mais o perfil da Paula marcado. Estávamos a caminho do chá de bebê dela e eu mal podia acreditar que os oito meses de gestação tinham se completado. Quase nove, na verdade. Isso significa que Lu e eu nos conhecemos há bastante tempo.

O lado positivo é que finalmente nos acertamos. Depois de oito meses de problemas e idas e vindas, nosso relacionamento finalmente estava caminhando bem. Acho que mereço isso, depois de ter visto meu coração ser sacolejado.

— Você leva?

Peço a Luiza, entregando o presente que fui buscar em casa. Já estávamos prontos para sair quando ela se deu conta de que o esquecemos e subi novamente para buscar. Ela assente e coloca no colo.

Enquanto dirijo até o condomínio em que Paula mora na Barra da Tijuca, Luiza canta as músicas na rádio. A do momento é Vai Malandra da Anitta, que pode ter sido lançada no final do ano passado, mas continua aparecendo toda vez que eu ligo o rádio. Não reclamo, porque é divertido assistir Luiza dançar e imitar as vozes da Anitta, do MC Zaac e do Maejor, além das batidas e parte da melodia. Sempre achei que essa música era meio que um Frankenstein, com diferentes partes do que mais se utiliza nos funks de hoje em dia. Mas é um Frankenstein que funciona, porque alcançou coisas incríveis e está até hoje tocando.

Uma banda que eu não conheço está tocando quando estaciono na rua de Paula. Há vários outros carros parados ali, o que me faz parar a algumas casas de distância. Desligo o rádio e deixo de pensar em quem está tocando.

— Você sabe se as outras Lolas vêm? — pergunto assim que entrelaço a mão na dela e ativo o alarme do carro.

— Sei que Paula mandou o convite, mas quem pode dizer se elas realmente vão aparecer? As coisas parecem estranhas entre elas recentemente.

Não é nenhuma surpresa para mim ver uma *girlband* chegar ao fim. Destiny's Child foi assim, com a Beyoncé sendo a integrante que deu mais certo entre as três. Spice Girls, com a saída da Geri, que desestabilizou a banda. Rouge, que até lançou CD depois da saída da Luciana, mas não superou Ragatanga. Fifth Harmony, que fingiu estar tudo bem após a saída da Camila, mas todo mundo sabe que elas não serão as mesmas nunca mais. Posso continuar com os exemplos, falando das *boybands*. Backstreet Boys, 'N Sync, One Direction. O *disband*[8] é real e eu não julgo.

Meu susto apenas se deu por eu achar que as Lolas eram mais que um grupo. Pelo que eu conhecia das meninas, sempre acreditei que elas ficariam amigas, mesmo quando essa fase inevitável chegasse. Pensei que a amizade delas prevaleceria, mas acho que não. Pelo que sei, as coisas têm ido ladeira abaixo. E tudo indica que Raissa será a integrante a dar certo.

É a empregada de Paula quem abre a porta. Eu não sei seu nome e ela também não se apresenta, mas Luiza a chama de Gracinha, então eu suponho que seja Graça. Isso também pode ser só um apelido, "gracinha" como querida, fofa, etc, por isso eu repito exatamente como Luiza. Quando chegamos à varanda dos fundos da casa de Paula, percebemos que o lugar está vazio. Ela conversa com a mãe, o churrasqueiro está

---

8 disband - termo em inglês para grupos que resolvem se separar.

trabalhando e mais dois funcionários estão por ali. Assim que nos vê, seu sorriso se abre e se espalha por todo o rosto.

Todos dizem que as grávidas possuem um brilho diferente, mas não vejo muito disso nela. Seu sorriso parece de alívio, alegria em nos ver. Acho que a situação com as Lolas a está afetando a ponto de o tal "brilho" não aparecer tanto.

— Meu OTP[9] chegou!

Ela abre os braços e deixo que Luiza vá até ela primeiro. Enquanto ela conversa com o bebê, eu abraço Paula.

— Como você está, querida? Como vai a gravidez?

— Bem, graças a Deus. — Agradece, sorrindo. — Estou feliz por vocês dois terem vindo primeiro. Podemos conversar sobre uma coisa antes que mais convidados cheguem?

— Claro, amiga. Vamos conversar.

Ela pede que a mãe guarde o presente que entregamos, então nos direciona a uma mesa.

— Eu marquei esse chá de bebê e fiz questão de convidar apenas as pessoas que são extremamente importantes para mim por um motivo. Em breve, pretendo marcar outro, para convidar outras pessoas e fazer as fotos para a mídia. É que eu preciso contar uma coisa a vocês dois e às Lolas que não contei a ninguém até agora, exceto aos meus pais e Roger.

— Miga, o que houve? — Luiza pergunta, soando nervosa.

Encosto-me na cadeira, encarando Paula e tentando desvendar o problema.

— Eu estou doente. É uma situação complicada, que me fará sentir mal pelo resto da vida a não ser que eu tire o útero. Só que eu sempre quis ser mãe, então conversei com meu médico sobre a possibilidade de engravidar antes de retirar. Quis fazer tudo sozinha, porque não queria minha família, amigos, imprensa e fãs surtando com a doença que eu estou enfrentando ou o bebê a caminho. Só falei para todo mundo quando o médico confirmou minha gravidez. Em todo esse tempo, eu me fechei, porque as coisas não saíram como eu esperava em relação às Lolas. Em vez do apoio que eu esperava, todas elas se afastaram de

---

9 OTP - one true pairing, termo utilizado para designar o casal perfeito, muito utilizado por fãs.

Cuida do meu coração

mim. Eu não poderia suportar mais gente agindo assim comigo, pensar que todos me abandonariam, então eu me fechei um pouco nos últimos meses. Desculpe por não ter sido uma boa amiga para vocês dois. Sei que foi um período difícil no relacionamento de vocês também e quero que saibam que gostaria de ter ajudado os dois a se acertarem bem antes.

— Paulinha, por favor, você não tem que se preocupar com essas coisas — digo, na tentativa de tirar isso da sua consciência.

— Sim, amiga, por favor. Você estava passando por uma situação delicada. Eu é que peço desculpas por ter focado tanto na minha dor que nem questionei seu afastamento.

— Lu, você passou por um período terrível com seus pais e eu fui uma péssima amiga nessa situação também.

— Todos nós erramos, Paulinha. Eu só queria saber que não era uma simples gravidez. Teria me esforçado mais para ser uma boa amiga.

Meu olhar ia de uma para a outra. A forma como a mão de Luiza tinha procurado a de Paula no meio da conversa. As lágrimas que tinham ficado presas nos olhos das duas durante todo o tempo. Era um laço bonito, um amor verdadeiro entre as duas, que parecia despertar a cada frase que trocavam. Era fácil ver que depois de algum tempo aquela amizade estava reacendendo.

E ambas precisavam disso, eu acho. Luiza tem a irmã agora e Amanda, a melhor amiga, mas eu sei quão importante Paula é para ela. Em todo esse tempo, lembro-me de ela ter ficado triste pelo afastamento, mesmo não tendo feito nada a respeito. Para Paula, deve ter sido um período realmente complicado. Ver a sua banda se desfazer pouco a pouco, suas amigas se virarem contra você... Entendo porque ela se fechou e preferiu guardar tudo o que estava acontecendo para si mesma.

A noite passa e pouquíssimos convidados aparecem. Uma vizinha de Paula, um casal de amigos dos pais dela. Parte da equipe da banda, Roger. Todas as Lolas chegam, uma por vez. De início, parecem afastadas e os sorrisos são falsos. Então Raissa chega e as cinco se retiram. Quando voltam, estão todas de braços dados e passam o restante da noite mimando Paula e o bebê.

Gostaria de saber o sexo. Lembro que quando meu irmão deu a notícia de que seria pai, fiquei tão ansioso quanto ele para saber se seria

196

menino ou menina. Eu ficaria feliz com os dois, mas foi bom saber para me preparar. Seria o tio que aprenderia a soltar pipa para ficar no *play* do condomínio com meu sobrinho? Ou aquele que deixaria ser penteado, maquiado e frequentaria apresentações de balé?

Por algum motivo que desconheço, Paula não quis saber. Fez o chá de bebê amarelo, uma cor totalmente neutra, segundo ela. Tive dificuldade no presente, mas Luiza me deu uma ideia brilhante e eu a segui. Ela comprou uma camisa do Cruzeiro, time que Paula também torcia. Então eu comprei uma do Capitão América, porque queria que a criança fosse tão fã da Marvel quanto eu.

O churrasco vai até tarde e a festa parece agradar a todos. É meu tipo de comemoração, com pessoas que eu gosto, comida boa e muita risada. A música não é alta, apenas um som ambiente. Luiza deixou o notebook liberado para quem quisesse ir lá escolher algo para ouvir. Alguém deixa uma música da Taylor Swift tocar e Luiza me puxa para dançar com ela. É New Year's Day, do reputation. Fala sobre um casal em uma festa de Ano Novo, em que a mocinha pede que ele não leia a última página da história deles. Para mim, é como se ela pedisse a ele para não pensar em como o relacionamento deles vai terminar, porque ela quer aproveitar o que está acontecendo no momento.

Começo a divagar sobre isso, enquanto ela deita a cabeça no meu peito. Nós nos movemos de um lado para o outro no ritmo da música e penso na forma como nos conhecemos. Aquela festa de Ano Novo certamente estaria gravada na minha memória.

Então me lembro das últimas viradas de ano que passei. Penso em uma específica durante o tempo em que morei em Nova Iorque e me lembro de uma situação um pouco incomum. Enquanto no Brasil o mais normal é ir à praia assistir aos fogos de artifício, os nova-iorquinos têm a sua versão na Times Square: eles se reúnem na rua mais famosa do país para assistir a bola descer e os fogos explodirem, além dos shows de inúmeros artistas. Pode parecer estranho, mas é exatamente isso. Durante a contagem regressiva, uma bola brilhante desce. No zero, as pessoas se abraçam e é normal que você beije a pessoa que está ao seu lado.

Não é meia noite, não é Ano Novo e eu não estou na Times Square, mas beijo Luiza. É como se eu estivesse revivendo os sentimentos daquela noite.

Estava lá com dois amigos e não estava esperando ser beijado, mas sinto a mão de uma garota segurar meu braço assim que o relógio chega ao zero. Em inglês, ela pergunta se pode me beijar. Dou de ombros, porque conhecia a tradição. Então ela se estica e seus lábios tocam os meus. É como se nunca tivesse esquecido a textura macia daquela boca, o toque das suas mãos no meu rosto. Hoje, Luiza segura minhas bochechas nas mãos e eu envolvo sua cintura da mesma forma como ela fez comigo. Parece que sou levado para anos atrás, o mesmo beijo da garota no Ano Novo. A mesma forma de me tocar. Seu sorriso ao percebermos que estamos há tempo demais nos beijando e que deveríamos nos afastar. Não nos vemos novamente depois daquilo, perdidos na multidão. Mas, quando abro meus olhos, parece que conheço Luiza de muito tempo atrás.

— Amor, posso fazer uma pergunta que à primeira vista parece estranha? — Ela assente, encostando o queixo no meu peito. — Onde você esteve no Ano Novo de 2015 para 2016?

Seu rosto se franze até que ela encontre a resposta.

— Eu fui para Nova Iorque com umas amigas. Acabei assistindo a descida da bola na Times Square.

Não.

Não.

Será?

Será que dentre todas as pessoas possíveis, uma coincidência dessas aconteceu logo conosco?

— Você beijou alguém à meia noite? — pergunto, querendo confirmar se ela se lembra da história assim como eu.

— Beijei como manda a tradição. Não me recordo muito dos traços do cara, mas eu me lembro de que ele tinha olhos lindos. Minha memória não é das melhores, mas fique tranquilo que os seus são ainda mais bonitos. Mas por que a pergunta?

Eu a beijo de novo, devagar. Tento repetir a forma urgente com que a beijei no passado, porque tenho quase certeza de que era ela a garota que me beijou naquela noite.

— Você acredita em destino, Lu?

198

— Um pouco. Acho que tudo acontece porque tem que acontecer.

Afago seu rosto, um sorriso brotando nos meus lábios por saber que isso realmente era para ser.

— Eu estava na Times Square naquela noite. Beijei uma garota. Linda, cabelos lisos compridos e a pele mais macia de todas. Não me lembro de como estava vestida, mas agora, toda vez que eu beijo você, sinto como se já tivesse feito isso muito antes.

Ela me encara, ponderando se o que eu disse pode ser verdade.

— Deve ser por isso que desde que a gente ficou em janeiro, eu sinto estar nos braços de um velho conhecido.

— Deve ser por isso que naquele ano, quando aquela completa estranha me beijou, eu senti ter nos meus braços o grande amor da minha vida.

— Ah, amor. Mesmo se não tiver sido você, eu vou acreditar que foi. Gosto de acreditar que estamos vivendo um relacionamento que estava escrito nas estrelas.

Luiza encosta a cabeça no meu peito devagar. Aperto meus braços em volta de sua cintura, envolvendo-a em uma bola de proteção. Ali nada podia nos atingir. Queria ser seu porto seguro e me esforçaria para isso. Como ela disse, estava escrito, era destino. Deveríamos ficar juntos. Ela virou um pouco a cabeça, encostando o ouvido no meu coração. Sabia que ela ouviria as batidas descompassadas. Era o som de estar vivo, o som de estar apaixonado.

Cuida do meu coração

Luiza

A gente tem sempre que terminar o que começou.

Eu vivo dizendo isso para o Davi, mas ele é o tipo de pessoa que pilha para fazer as coisas, mas logo a chama esfria e ele desiste. Eu queria estar em um salão de beleza, fazendo as unhas e os cabelos para a festa de mais tarde, mas meu namorado precisava de ajuda. Depois de mais de seis meses de obra, o novo estúdio de Davi estava pronto. Ele marcou um *open house* com amigos e artistas, mas acabou deixando a festa toda pela metade. Já que não quis gastar tanta grana com uma organizadora de festas, ele resolveu fazer sozinho. Um dia antes da festa, ele tinha contratado o *buffet* — que só deu certo porque eu fiquei em cima — e só. Tive que pegar dois meninos da edição para ir comigo no supermercado comprar bebida, que era a parte principal. Lá, eu me lembrei de que o *buffet* era apenas para coisas salgadas, então fui buscar algumas coisinhas doces que vendesse ali para deixar na mesa de comidas. Liguei para o *buffet* e consegui que eles mandassem a equipe de garçons deles junto, porque meu namorado também não havia contratado. Ele disse que não queria decoração, para não atrapalhar que as pessoas vissem como estava a casa, mas decidiu improvisar um palco para quem quisesse fazer um som durante a festa.

Coisa de músico isso, ir à festa dos outros para cantar, fazer cover dos outros... Nas festas que eu vou, se você não contratar ninguém para tocar, o povo nem se levanta das cadeiras.

Quando voltei do mercado, ele estava acompanhando a montagem do mini palco na sala de descanso dos músicos, onde todo mundo ficaria concentrado na festa. Montaram o som, colocamos as bebidas no gelo. O pessoal do *buffet* chegou e começou a passar de um lado para o outro, dominando não só a cozinha da casa como vários outros espaços. Eu já tinha cansado de andar de um lado para o outro antes mesmo do horário do almoço e estava estressadíssima, achando que não ia dar tempo.

— Hmm, que fome! — Davi disse, chegando pelas minhas costas. Passou os braços pela minha cintura e beijou minha nuca.

— Nem fala. Esse monte de comida passando por aqui e a gente não tem nem previsão de horário para comer.

— Bom, acho que não estamos falando da mesma fome, mas tudo bem. — Ele me virou para que ficássemos frente a frente. — Eu estava mesmo vindo roubar você para almoçar.

— Não posso sair agora, ainda temos muita coisa para resolver.

— O que? — perguntou, mas não me deu tempo para responder. — O som já está ok, os meninos já viram tudo que eu pedi e estão finalizando alguns pormenores. Eles dão conta e já vão sair para voltar a tempo da festa. O pessoal do *buffet* ainda tem coisa para fazer, mas a Carla vai ficar aí porque trouxe comida. Você pode parar de andar feito barata tonta e sair comigo para se alimentar.

— Davi, não é só isso, eu tenho que ver...

— Ah, não — ele me interrompeu. — Isso pode esperar. Vamos! — E me puxou pela mão.

Era fácil de ver como Davi estava feliz. As coisas iam muito bem no estúdio, no nosso relacionamento e na vida dele de modo geral. Com a inauguração da casa, ele estava explodindo de alegria. Fizemos a caminhada até o restaurante que Davi gosta de almoçar de mãos dadas, enquanto ele me atualizava da lista de presenças confirmadas. Eu já tinha praticamente decorado, mas não ia cortar a animação dele. Parecia criança no Natal.

Conversei com a Lua recentemente sobre essa fase que eu estava passando. Eu tinha visto um meme no Facebook que fazia um *check list*

de coisas que uma pessoa definiu como meta e cheguei à conclusão de que já tinha alcançado quase tudo:

Formada? Quase. Com um emprego maravilhoso? Sim. Viajando duas vezes por ano? Pelo menos uma vez sim. Estabilidade emocional? Sim! Nunca estive tão estável. Vida espiritual muito boa? Eu não tenho religião, mas me entendo muito bem com Deus, obrigada. Comendo em restaurantes caros? Sim, quando Davi e eu estamos com vontade. Mesmo que no final da noite a gente passe em um podrão para compensar. Pagando só no débito? Sim! É maravilhoso ver seu dinheiro entrar todo mês e não ficar sem grana depois de quitar as dívidas. Por sinal, dívidas essas que estavam sendo resolvidas em dia.

Se eu não estivesse vindo de uma fase tenebrosa, acreditaria que algo de ruim estava se aproximando porque ninguém pode ficar tão feliz quanto eu estava. Eu só não poderia ser demitida de novo, porque aí sim eu acho que as coisas iam desandar.

— O que a gente vai fazer esse ano na virada? — perguntou, enquanto entrávamos no restaurante. — Ester me disse que as Lolas não vão mesmo fazer a festa.

— Não sei, amor. Você está querendo alguma coisa?

Fizemos uma pausa na conversa enquanto tirávamos nossa comida no *self-service*. Ao nos sentarmos frente a frente, ele continuou a conversa:

— Eu não tenho nada em mente. Por mim, ficaria em casa vendo o Show da Virada, desde que eu esteja com você.

— Que romântico, Davi — reclamei usando toda a minha ironia na voz.

— Eu sou romântico sim. Disse que se estivesse com você, aceitaria até mesmo um programa ruim para a minha noite de Ano Novo. Tudo isso porque o mais importante é a sua presença.

A carinha fofa que ele fazia ao dizer todas essas coisas era capaz de derreter o coração de qualquer mulher. Davi sabia ser sedutor, mas o que o torna mais sexy para mim é o fato de ser tão doce, apaixonante e fazer as caras mais fofas do mundo.

E se ele soubesse que eu tinha dito que ele tinha uma cara fofa, faria a segunda cara mais sexy que ele tem: a de emburrado.

— Ok, amorzinho. — Estico-me para selar seus lábios. — Você acabou de ser bem romântico mesmo, mas vamos planejar alguma coisa

Cuida do meu coração

para o nosso Ano Novo porque quero que seja especial. Vai ser o nosso terceiro juntos e eu quero beijar você à meia noite em grande estilo.

— Eu amo que nós podemos contar aquela vez em Nova Iorque como o nosso primeiro encontro. Parece que a vida fez questão de que nós ficássemos juntos. — Ele pega minha mão sobre a mesa e beija. — Não sei se você concorda, mas eu já ouvi falar super bem de Paraty. Parece que tem uma tal de Praia do Sono lá que é linda.

— Eu gosto da ideia. A gente pode levar o Dog junto, para ele não ter que ficar no Rio. Dá para irmos de carro.

Continuamos a conversar sobre o assunto e eu me animo com a possibilidade. Sem contar as viagens que fizemos para Juiz de Fora pela minha família, Davi e eu ainda não tiramos um tempo assim para nós dois. Estamos precisando disso e usar a virada do ano para termos esse momento vai ser maravilhoso.

Quando voltamos para a casa, fico mais tranquila em relação à festa. Tudo parece estar entrando nos eixos. Davi estava certo, faltava pouca coisa. Antes das 14h nós saímos de lá para o meu apartamento. Ele tinha trago a própria roupa e, enquanto eu teria uma tarde de salão em casa, ele ficaria me esperando. Fiz as unhas enquanto assistimos Netflix, passei minha roupa. Davi providenciou comida para nós quando a tarde caiu. Depois, entramos juntos no chuveiro para "economizar água", que é um código universal para você sabe o que.

Fiz um penteado para o cabelo com tranças que tinha aprendido no YouTube e passei maquiagem. Saímos uma hora antes do início da festa, porque éramos bons anfitriões. Meu namorado usava terno azul escuro, sem gravata. Camisa branca por dentro. Era raro vê-lo vestido assim, mas insisti dizendo que era uma noite especial e que ele teria pessoas importantes para receber. Tentei ficar condizente com ele e escolhi um vestido longo azul marinho com estampas abstratas brancas. Era lindo e bem acinturado. No momento, só me arrependia do salto novo que tinha comprado e estava fazendo bolha na tira lateral.

— Sua irmã não disse se vem — Davi comentou, enquanto parava o carro em uma vaga um pouco distante. Disse que queria deixar as mais próximas para os convidados.

— Ela está viajando com o Apolo, eu acho. Minha irmã tem passado mais tempo fora do Brasil do que dentro nas últimas semanas.

— O importante é que ela está feliz, amor.

Carla é a primeira pessoa que vemos quando entramos na casa. Ela veste calça preta e blusa social azul clara. Pergunto-me se azul faz parte do traje obrigatório da festa.

— Você não foi em casa, né Carlinha? — questiono. — Chegou aqui muito rápido.

— Não quis ir. Era mais fácil ficar por aqui e esperar todo mundo chegar.

— Pode segurar as pontas mais um pouquinho enquanto eu mostro uma coisa para a Lu? — Davi pergunta e ela só assente.

— O que você quer me mostrar? — pergunto, ao vê-lo me levar direto aos fundos da casa.

— Calma, você já vai saber.

Logo ele para em frente à porta dos novos cômodos. Como não podia mexer na fachada do local, Davi optou por construir dois novos cômodos no final da casa. Um deles é o escritório dele, onde acabamos entrando. Ele deixa o cômodo à meia luz, algo que resolveu instalar no cômodo para quando fosse fazer edição, mas que deixou o clima propício para o romance. Davi se senta na sua cadeira, afastando-a da mesa e me puxa para o colo dele. Suas mãos acariciam minhas pernas sobre o vestido e ele puxa meu rosto na direção do seu, roubando um beijo lento capaz de aquecer cada célula do meu corpo.

— Você me trouxe aqui para namorar? — pergunto, em uma pequena pausa entre nossos beijos.

— Não, mas não resisti — responde e captura nossos lábios novamente. Escuto um barulho de gaveta se abrindo, mas não presto atenção. Estou concentradíssima na boca macia de Davi, mas ele quebra nossa conexão. — Eu te trouxe aqui para te dar isso. — Coloca uma caixinha na minha mão. — Abra.

Afasto-me ligeiramente dele e desfaço o laço da caixa. Ela é de papel e pequena o suficiente para caber na palma da minha mão. Dentro, encontro um papel dobrado.

— Um bilhete? — pergunto, puxando-o de dentro.

— Sim, mas não abre agora. Vê primeiro o que mais tem dentro.

Deixo o papel na mão dele e pego a corrente fina de um cordão

Cuida do meu coração

205

que está ali dentro. Delicado, é exatamente o que eu usaria. Antes que eu possa vê-lo completo, ele pega da minha mão e abre para colocar no meu pescoço. Meus dedos involuntariamente alcançam o pingente: um micro headphone com as bolinhas que ficam na altura das orelhas em formato de coração.

— Ah, amor, é lindo. — Deixo um selinho nos lábios dele. — Representa você demais.

— Eu fico feliz que tenha gostado. Agora, pega o bilhete.

Nele, com a letra de Davi, está um trecho de uma música da Anavitória:

Eu não me importaria de dividir um colchão com você
Dar meu cabelo pra de nós tu encher
E me afogar no teu corpo metido a travesseiro
Não contestaria um pedido de carinho teu
Café mais amargo, tua toalha jogada no quarto
Nenhum traço do que é teu

E embaixo, um pouco separado de tudo, uma frase de três palavras:
"Vem morar comigo?"

— Você quer que eu…? — falei, tão devagar que Davi não aguentou e me cortou.

— Que você venha morar comigo? Sim. Eu sei que você já quer se mudar de novo porque sua irmã saiu do apartamento, então eu quero saber o que você acha de dividirmos a vida?

— Você sabe que, se a gente for morar junto, vai ter que me aturar nos meus dias ruins e nos impossíveis de conviver, não sabe? — Ele assentiu. — E sabe que eu basicamente só tenho essas duas opções de dias, né?

Ele começa a gargalhar antes de responder.

— Sim, Lu. Conheço você e não é de hoje.

— Sabe que a gente vai brigar muito mais, né? — Ele só concorda.

— E que é bem provável que a quantidade de sexo que a gente faz diminua, porque isso acontece com todos os casais normais?

Novamente, ele gargalha. Joga a cabeça para trás e tudo.

— Eu vou me esforçar para que possamos ser diferentes dos outros casais, mas quero você por você e não só pelo seu corpo, então tudo bem.

— Está ciente de que no minuto que eu me mudar, Dog vai preferir ter a mim como dona do que você. Certo?

O sorriso morre no rosto dele. Davi me olha bem sério e aponta um dedo, como se fosse falar algo importante. Então ele desiste e começa a rir de novo.

— Eu queria dizer algo como "Dog nunca me trairia", mas pensando bem, ele já te ama mais do que me ama, então tudo bem. Eu aceito dividir meu cachorro com você.

Sorrindo de orelha a orelha, eu inclino o rosto na direção do dele e beijo-o novamente.

— Eu amo você, Davi — sussurro entre um beijo e outro. — E vai ser uma honra dividir a vida com você assim.

Um sorriso surge no rosto dele e Davi não consegue mais esconder. Por toda a noite, parece que a felicidade grudou no rosto dele e não sai mais. Acho que no meu também. Depois de fazer tanta besteira, finalmente aprendemos a amar um ao outro e a cuidar dos nossos corações. Constatar isso a essa altura do campeonato é igual MasterCard: não tem preço.

208

Carol Dias

Conto Extra

Daniel

Observo o azulejo de frente para onde estou sentado.

É daqueles típicos de cozinha, em uma cor que nem é branca nem é bege. Sei lá que cor é aquilo. Uma cor ali no meio. Não importa também.

Há ranhuras nesse azulejo, feitas propositadamente. Gostaria de saber quem é o responsável por fazer os desenhos dos azulejos. São sem graça. Queria ter feito algo diferente na cozinha, mas Gi insistiu que fosse assim. Ela ama esses negócios. Ainda mais porque eles combinam com a única faixa de azulejos de estampa diferente, que corta toda a minha cozinha.

Mas ninguém quer saber sobre os *azulejos da minha cozinha.*

Ninguém se importa com a droga do azulejo, Daniel.

Acho que tudo isso se deve pelo simples fato de essa ser a primeira vez em duas semanas que eu paro para olhar o nada. O recesso forense está batendo à minha porta e eu estou tentando adiantar tudo no escritório para entregar o que eu preciso na data certa.

A briga dessa manhã foi sobre isso, afinal. Não achem que essa é uma crise no meu casamento, porque não é. Giovanna e eu estamos bem, obrigada. A gente briga praticamente todos os dias desde que se viu pela primeira vez. Meu irmão e todas as outras pessoas do mundo acham que somos um casal perfeito porque a gente mente para as pessoas. A verdade é que duas pessoas não podem viver sob o mesmo teto e se amar se não discordarem de alguma coisa. Faz parte do equilíbrio do universo e coisa e tal.

É claro que não tem um horário certo. Às vezes é de manhã, às vezes é à noite, às vezes é no nosso horário de almoço. Eu fico surpreendido quando a gente simplesmente não briga, na verdade.

Durante o recesso forense, em todos os anos, Gi e eu nos dividimos no escritório, para que cada um cuide de uma parte dos processos e possamos resolver as pendências com mais praticidade. Confiamos o suficiente na capacidade do outro para não precisarmos nos consultar, apenas em casos extremos. Só que, nesse ano, nós tivemos um fator complicante.

Um dos nossos clientes foi acusado de uma violação clara dos direitos autorais de uma artista que estourou em outubro. Aconteceu há anos e ele não é culpado, mas o fato de ela ter ganhado voz agora fez com que tivesse fôlego para lutar pelo seu direito. Como já cuidei de um caso parecido há dois anos, peguei a responsabilidade para mim. Gi já tinha Duda para cuidar e eu não queria deixar minha esposa com mais uma carga. Ela não achou isso justo e vem me infernizando desde então. Depois da briga de hoje, ela saiu do apartamento batendo a porta e me mandou levar Duda para o último dia de aula na escola.

Já não faço isso há tanto tempo que fiz besteira atrás de besteira. Coloquei o lanche errado na lancheira e minha filha reclamou. Esqueci o açúcar do mingau dela. Abri um Toddynho para ela beber, já que não dava tempo de fazer outro e ela não quis misturar o açúcar ali mesmo, mas ela disse que não gosta mais. Achei estranho, porque até semana passada ela gostava. Não é à toa que compramos um pack com 12 na última vez que fomos ao supermercado. Puxei seu cabelo com força demais e ela me expulsou do quarto, dizendo que iria se arrumar sozinha. Então eu voltei para a cozinha dizendo que esperaria por ela. Desde então, estou aqui.

— Ô de casa! — Levantei os olhos para ver quem entrava pela porta da cozinha. A voz não era da minha filha e logo olhei para a cara do meu irmão, que parecia muito com a minha. — Pô, bati cinco vezes, cara. Eu tenho a chave daqui, mas não gosto de simplesmente invadir.

— Mal, mano. Nem ouvi.

Davi se sentou no banco de frente para o meu. Pegou o Toddynho da minha filha.

— Seu?

Balancei a cabeça em negativa.

— Da Duda. Você acredita que ela disse que não gosta mais? — Ele deu de ombros e tomou um gole. — Na semana passada ela gostava desse negócio.

— Ah, mano, ela é criança. Elas dizem que não gostam, mas você faz beber assim mesmo. Amanhã elas já gostam de novo.

— Como você sabe disso se não tem filho?

— Tenho dois sobrinhos, Dan. Ryan e Duda são iguais nessas coisas. Porra, que saudade de beber esse negócio. Toddynho é bom. Vou fazer um estoque lá em casa.

— Tem outros onze no meu armário de compras. Quer levar? Aparentemente, minha filha não gosta mais.

— Nada, mano. Amanhã ela vai pedir de novo. É muito bom para não querer beber. Minha sobrinha é inteligente. E, como eu disse, diz a ela que ela tem que tomar e pronto.

— O que você está fazendo aqui a essa hora? — pergunto, cortando o assunto.

— Então, eu tinha acabado de descer o prédio quando minha cunhada me ligou. Disse que achava que você ia precisar da minha ajuda, se eu podia dar uma passada aqui.

— Porra, essa mulher não confia em mim mesmo — resmunguei.

— Eu também não confiaria se fosse casado com você. Diz, quantas merdas você fez essa manhã?

— Com a Duda ou de um modo geral?

Meu irmão quase cai da cadeira de tanto que ri.

— Dan, não é questão de confiança. É questão de que você nunca conseguiu mandar a garota para a escola sem fazer merda.

— Ah, não generaliza assim, Davi.

— Mano, você colocou o *seu* uniforme de treino na mochila dela achando que era a roupa da Educação Física. Sua mulher teve que ir lá salvar o dia, como sempre.

Cuida do meu coração

— Pô, não vou ganhar o troféu de Pai do Ano, eu sei.

— Você até que é um bom pai, só é muito enrolado. Agora eu vou ver se a minha sobrinha precisa de ajuda. Onde ela está?

— No quarto, penteando o cabelo. Parece que eu estava puxando com muita força.

Davi começa a rir de mim de novo. A vontade que eu tenho é de socar esse moleque.

— Vai trabalhar, mano. Eu boto tua garota na escola.

— Você está de carro?

— Não, mas eu pego um Uber. Não se preocupa. Só some da minha frente. — Ele dá dois tapas no mármore da bancada, em sinal de que a conversa acabou e sai em direção ao quarto da minha filha.

Crio coragem e me levanto também, porque tenho muito trabalho para resolver. Pego minhas coisas no quarto. Giovanna levou o carro para o trabalho e já peço um Uber para o meu endereço, assim ele estará lá quando eu descer. Passo para me despedir de Duda antes de sair de casa. Davi está amarrando os sapatos dela, ajoelhado ao pé da cama. Deixo um beijo em seus cabelos e parto.

O motorista do Uber Black é educado ao extremo, diferente dos outros dos carros comuns. Carrega uma Bíblia no para-brisa. O rádio está ligado na BandNews e ele pergunta se pode deixar, ou se eu prefiro que desligue. Gosto de ouvir as primeiras notícias do dia, então vou digitando alguns e-mails enquanto Boechat comenta os assuntos.

Assim que viro no corredor da minha sala, minha assistente se levanta. É uma estudante de direito prestes a se formar e eu dou trabalhos sérios para ela analisar, assim vai sair com uma baita experiência daqui quando resolver que cansou de me aturar. Seu contrato vence em março, mas Giovanna e eu já decidimos contratá-la.

— Senhor Daniel, bom dia. Os papéis dos gringos acabaram de chegar. O senhor pediu prioridade neles.

— Bom dia, Thamyres. Já deu uma lida neles?

— Sim, senhor.

— E o que achou?

Pego os papeis da mão dela. Possuem marcas de grampo, mas estão soltos. Percebo a numeração feita com a letra dela em lápis e algumas marcações no texto, o que prova que ao menos passou os olhos pelas quinze páginas redigidas em alemão. Como eu posso dispensar alguém que já vai se formar falando quatro idiomas: português, inglês, espanhol e alemão?

— Bom, meu alemão ainda não é tão bom, então posso ter entendido algumas coisas errado, mas parece que eles não acrescentaram a cláusula que o senhor pediu.

— Então já começa a redigir o e-mail pedindo isso, porque eles estão quatro horas na nossa frente e eu preciso desse contrato hoje. Ou as Lolas não vão tocar nesse festival por causa de uma questão contratual ridícula. Enquanto isso, eu vou dar uma lida no que temos aqui e no que você marcou. Mais alguma coisa urgente?

— A Susan da gravadora ligou, pediu para o senhor retornar assim que puder.

— Coloca nas minhas tarefas, por favor. Eu vou esquecer.

— E a senhora Giovanna pediu que desse um pulo no escritório dela quando tivesse uns minutos livre.

— Vou assim que ler o contrato. Próximo.

— Todo o resto pode esperar a sua leitura.

— Ótimo — digo, quando chego na porta da minha sala.

Thamyres acena e vai para a sua mesa. Só quem tem salas particulares no escritório sou eu e Giovanna. Todos os outros setores funcionam em salas compartilhadas para a equipe. Minha assistente e a da minha mulher trabalham em mesas uma ao lado da outra, na frente das nossas salas. As duas dividem a mesa com a assistente do período da tarde. Na mesma medida que sou grato à Thamyres, odeio o trabalho de Olivia. Vou demiti-la sem medo no momento que Thamyres for contratada. Na verdade, estou considerando fazer isso antes mesmo do prazo. Esperar apenas que as aulas dela na faculdade terminem nesse período, porque não sei se aguento os últimos dias antes do recesso forense com a incapacidade de Olivia.

Quando chamo minha assistente de volta à sala após finalizar a leitura, preocupo-me em perguntar sobre isso primeiro.

— Suas aulas vão até que dia, Thamyres?

— Já estou em férias, senhor Daniel, porque não peguei nenhuma

Cuida do meu coração   213

recuperação.

— Ótimo. Conversei com Giovanna sobre contratar você quando seu estágio acabar, mas não vou dar conta de esperar. Preciso de você agora, durante o recesso forense. Acha que dá conta de ser minha assistente em tempo integral?

Eu vi todas as emoções passarem pelo rosto dela. Fiquei me perguntando se era atuação, porque era claro que ela sabia que eu a contrataria. Não tinha dito em palavras, mas ela sabe que era necessária aqui.

— O senhor vai mesmo me contratar?

— Claro, Thamyres. Não poderia fazer diferente. Agora me responda para que possamos voltar ao trabalho.

— Sim, senhor, eu dou conta. Se quiser, posso ficar o expediente todo hoje.

Peguei o telefone imediatamente e liguei para o RH. Eu poderia ter pedido para Thamyres falar com eles, mas como estamos falando da contratação dela, sei que me ligariam de volta pedindo que eu confirmasse. Levei apenas dois minutos para passar a ordem, então começamos a discutir o contrato. Ela saiu do escritório com as alterações que precisávamos repassar para os alemães no minuto que Giovanna bateu e entrou.

— Tenho uma situação que requer nossa atenção. Sua assistente não passou o recado?

— Passou, mas estávamos lidando com outra coisa e eu iria até sua sala agora.

— Ela não disse que era prioridade? — perguntou, cruzando os braços. A situação deveria mesmo ser séria, porque Giovanna estava nervosa.

Também poderia ser relacionado à briga que tivemos, mas eu preferia acreditar que Gi saberia separar as coisas.

— Disse, mas esse contrato também era prioridade. Agora diga o que é, não vamos brigar por isso.

Ela começou a falar e eu entendi porque estava tão nervosa. Um dos nossos artistas, Marco Dutra, estava sendo acusado de agredir a ex-namorada, Vivian Ribeiro, que também é nossa artista. Geralmente, eu cuido dos processos da Vivian e Giovanna do Marco. A notícia tinha saído em todos os jornais essa manhã. Xinguei Boechat por não ter me preparado para tal, mas fui imediatamente para a sala de reuniões, onde Gi estava reunida com alguns advogados da equipe dela. Além de nos dividirmos nos casos, acabávamos dividindo a equipe que trabalha com a gente. Assim sabemos a quem podemos ocupar. Thamyres foi chamar parte da minha equipe e nós passamos o restante da manhã analisando tudo o que tinha saído do caso. Marco estava gravando cenas de uma novela em Buenos Aires, mas precisou voar no mesmo dia porque a bomba explodiu. Vivian também veio para o escritório. Conversamos com ela e eu estava convicto de que deveríamos apoiá-la. Quando Marco chegou, fomos conversar com ele também, já que era cliente da Gi. Eu não estava certo de que deveríamos confiar nele e falei isso para ela, mas Giovanna disse que olhou no fundo dos olhos dele e acreditava no que tinha dito. Eu abaixei a cabeça e concordei com a minha esposa.

Vivian chorou quando eu disse a ela que não poderíamos representá-la. Uma sensação angustiante me tomava durante a nossa conversa, principalmente quando a levei para fora. Então puxei da carteira o contato de outro escritório de advocacia de confiança e entreguei a ela, dizendo que sentia muito. Realmente sentia.

Já era mais de 15h quando paramos para almoçar.

Por dias, nós debatemos a melhor forma de defender Marco. Planejamos, ouvimos diversas vezes o depoimento dele. Convidamos testemunhas.

Então, quando tivemos que ir ao tribunal, o advogado de defesa, um grande amigo da época da faculdade, mostrou uma sequência de vídeos filmados pela Vivian sem que Marco soubesse. Ela não nos contou que os tinha, porque queria saber se nós ficaríamos do lado dela. Foi um tapa bem na nossa cara, mas não tivemos muito tempo para lamentar. Vi, pela primeira vez na vida, Giovanna titubear. Eu vi que ter ficado do lado do agressor nesse caso a desestabilizou, principalmente porque só fizemos isso por insistência dela.

Não me orgulho das minhas atitudes, mas meu sangue ferveu de uma forma inexplicável. Eu me lembrava das vezes que minha irmã, Daiane, chegou em casa com algum hematoma e mentiu dizendo que tinha batido em algum lugar. Ela era um pouco estabanada, mas nem tanto.

Passei a frente de Giovanna e fiz a defesa que consegui para o caso. Fomos massacrados e eu já poderia ver a fama de empresa que defende

Cuida do meu coração

agressor de mulher que nós ganharíamos. Que droga.

Cheguei em casa bufando de raiva. Não consigo explicar a proporção que minha revolta com toda a situação acabou de tomar. Felizmente, estou sozinho, porque não quero que minha filha veja meu descontrole. Eu não consigo nem olhar para Giovanna no momento e estou grato por ela ter ido direto do tribunal buscar Duda na escola.

Tomo um banho na esperança de aliviar a tensão, então visto meu uniforme de treino ao sair do chuveiro e pego minha bolsa. O professor do CrossFit até se assusta ao me ver chegar para a aula.

— Hey, doutor. Achei que tinha largado de vez. — Estende a mão para mim. Nós nos cumprimentamos brevemente.

— Esse período é foda no trabalho, mas hoje eu vou compensar. Pega pesado comigo, beleza?

Ele dá aquele sorriso sádico que só os professores de CrossFit sabem dar e balança a cabeça. Quando saio de lá, não existe um músculo do meu corpo que não doa. Descontei toda a minha raiva no treinamento e posso ser um homem civilizado agora.

Desde o começo, eu disse para Giovanna que estávamos escolhendo o lado errado. Ela sabia disso também, mas o cliente era dela, então ela confiou. Eu deveria ter insistido mais, ter sido mais incisivo. É foda, porque além de perder a minha cliente, vamos sair como o escritório que ficou a favor do abusador. Que ficou ao lado de um filho da puta que bateu em uma mulher e desconfiou da palavra dela. Giovanna, como mulher, deveria entender mais de sororidade do que eu. Agora, além de ter mandado minha cliente procurar outro advogado para representar, temos um cliente na cadeia.

Porra, Giovanna. Só de lembrar a raiva começa a subir pelo meu corpo de novo.

Entro na garagem do prédio e deixo minha bolsa dentro do carro, porque decido que não estou cansado o suficiente. Se ainda consigo sentir raiva e pensar nessas coisas, preciso de mais esforço.

Começo a correr na orla. Vou do Leblon ao Leme correndo e volto em uma das bicicletas do Itaú que aluguei. Morto de fome, como um hambúrguer em um quiosque com água de coco. Foda-se se a comida não combina com a bebida.

216

Em casa, nem minha filha nem minha esposa chegaram. Tomo outro banho, que intensifica as dores do meu corpo. Depois de ter esfriado, parece que só piorou. Deito na cama e apago rapidamente.

No dia seguinte, Giovanna ainda não está. Nem sinal de que passou por ali. Preocupo-me por um momento, já que não quero pensar em vê-la fugir de casa com a minha filha ou algo assim. Entro no closet, mas todas as suas roupas ainda estão lá. Vou ao quarto de Duda e vejo que as duas estão dividindo a cama.

Ainda estou sentindo raiva do que aconteceu, então visto-me e saio de casa. Tomo café da manhã na padaria e vou direto para o escritório.

E assim os dias seguem. Estou cansado demais para me importar com qualquer coisa que Giovanna possa fazer, irritado demais para me preocupar. Nós nos vemos de manhã, quando eu não desperto primeiro que ela e saio para o trabalho. Dirijo o meu carro, ela dirige o dela. Não almoçamos juntos, porque prefiro comer no meu escritório e resolver o trabalho que pode ser resolvido. Faço horas extras e vou direto para o CrossFit depois do trabalho. Chego e coloco minha filha para dormir. Murmuramos um boa noite um para o outro. Em seguida, apago.

Repetimos a mesma rotina até o recesso forense. Damos férias coletivas aos funcionários no dia 21 de dezembro, eles só retornam no dia 7 de janeiro. Digo para Giovanna que ela pode ficar em casa com Duda, aproveitar o período que nossa filha está em casa. Normalmente, nós trabalharíamos do escritório de casa, mas não quero ficar lá dessa vez.

Soa imaturo da minha parte agir assim. Afastar minha esposa por conta de um problema no trabalho. O caso é que estamos encarando as consequências do que aconteceu. Uma cliente nos largou, por defender as causas feministas e não querer trabalhar com alguém que apoia agressor. Dois contratos que estavam prestes a serem fechados esfriaram e tenho certeza de que perdemos. Estou frustrado, nervoso, explosivo o tempo todo. Mal me reconheço.

— Virou *bodybuilder* agora? — Davi pergunta, entrando na minha sala sem bater.

— Do que você está falando, *moleque*? — retruco, acrescentando o "moleque" ao ver meu irmão sentar na cadeira de frente para minha mesa e colocar os pés para cima.

Cuida do meu coração

— Fiquei sabendo que, quando você não está enfurnado nesse escritório, está no CrossFit.

— Giovanna contou? — pergunto, voltando minha atenção para os papeis que estavam à minha frente.

— Não, sua esposa não sabe de você também. Sua assistente me ligou.

— Ela está de férias.

— Acho que não. Ela quis tirar uma dúvida sobre um contrato que eu pedi para você dar uma olhada. Disse que você tinha ligado para ela para perguntar. Arranquei dela que você tem feito isso pelo menos cinco vezes ao dia.

— Porra, isso tudo? — pergunto de novo, jogando os papeis de qualquer jeito. — Thamyres vai pedir demissão com um chefe filho da puta desse.

— Eu só não entendi porque você não pegou sua esposa e sua filha e foi fazer uma viagem para Punta del Este com elas. Você está muito branco, *brother*.

— Não estou no clima de comemoração. Tenho muito trabalho, Davi.

— Você está é inventando trabalho, irmão.

— Não, eu realmente…

— Dan, para — ele me interrompe. — Sério, cara. Você é mais inteligente que eu. Não haja como um burro. Fala aqui para o Davizinho o que está acontecendo com você. Brigou com a Gi?

Respiro fundo e desisto de tentar a antiga abordagem: continuar trabalhando e ignorar meu irmão.

— Giovanna e eu estamos bem.

— Estão mesmo? Então por que das últimas cinco vezes que a vi, ela estava com cara feia e o tempo todo irritada? — Coço a barba, sem saber como responder. — Vocês pararam de transar? Está precisando de dicas para esquentar a relação?

Foda-se.

— Davi, não se mete nisso.

— Claro que me meto. Vocês dois são um casalzão da porra. Como dizem os jovens, um OTP!

— Que droga é essa de OTP?

— *One True Pairing*. Você sabe inglês, não vou explicar. Agora me diz

218

logo o que está acontecendo?

Ok, Davi. Eu desisto.

— Estamos com problemas sim. Desde o caso do Marco Dutra.

— Até hoje você não me explicou porque ficaram do lado do filho da puta.

— Foi a Giovanna. Ela veio com o papo de que olhou nos olhos dele e viu que estava sendo sincero. Eu relutei, mas aceitei a decisão dela. No fim, minha esposa estava errada.

— Porra, Gi vacilou. — Ele se ajeitou na cadeira, sentando mais para trás. — Mas o que isso tem a ver com o seu problema de relacionamento que está atrapalhando as férias dos seus funcionários?

— Ah, Davi, você não entende...

— Entendo sim. Tem horas que eu quero voar no pescoço da Luiza, mas eu perdoo toda vez, porque sou apaixonado por aquela mulher. Sei que o mesmo serve para você e Giovanna.

— Mas nós perdemos três clientes de uma só vez por causa dela! Os dois contratos que não fechamos esse mês por causa disso e...

— Mano, você vai destruir a sua família por causa de trabalho? — ele me interrompe de novo. — A Giovanna não é só a sua sócia, não é só uma funcionária que cometeu um erro. Ela é a sua mulher.

É foda quando seu irmão caçula tem razão. Aquele que se apaixonou há quinze minutos, que acabou de encontrar o amor verdadeiro. Giovanna e eu estamos juntos há seiscentos anos, temos uma filha.

— Você está certo, irmão. Eu vou falar com ela na segunda, quando voltar de viagem.

— Você vai viajar? Mas é Ano Novo, mano. Não basta você estar trabalhando dia 26 de dezembro!

— Eu sei, mas já tinha combinado de visitar esse cliente. Não posso deixar o cara na mão. — Respiro fundo e decido que é hora de mudar de assunto. — E você e Luiza? Um ano desde que se conheceram. O que planejam fazer nessa virada?

— Vamos para Paraty. O Dog não está muito bem, mas já tínhamos programado a viagem e mantivemos, já que podemos levá-lo. Como as Lolas foram convidadas para tocar em Nova Iorque, esse ano não vai rolar aquela festa.

Cuida do meu coração

— Mano, eu estou muito orgulhoso dessas meninas. Tocando na virada do Ano em Nova Iorque.

— Pô, nem fala.

Meu irmão e eu continuamos conversando por um tempo, até que ele vê que não vai me fazer voltar para casa. Digo que vou pegar mais leve e parar de ligar para minha assistente, mas sei que não é assim tão fácil. Deveria mesmo ter programado uma viagem para Punta del Este.

Na quinta-feira depois do Natal, fico com minha filha pela manhã e saio logo depois do almoço. Gi me olha da porta de casa enquanto espero o elevador. Ela não precisa falar nada para que eu saiba o que está pensando. Ouço o elevador apitar, mas não me importo. Vou ficar quatro dias fora e, antes de sair, deixei um beijo na testa da minha filha e acenei para minha esposa. Isso não é despedida. Estamos atravessando um período difícil, mas essa é a mulher que escolhi para dividir a minha vida. A gente merece mais do que um casamento morno.

Seguro o rosto dela entre as minhas mãos e beijo seus lábios devagar. Estão com gosto de chocolate, provavelmente do Diamante Negro que ela estava comendo de sobremesa. Ela abraça meu pescoço e eu a puxo para mais perto pela cintura. É o maior contato que tivemos em algum tempo e todo o meu corpo se acende.

Sabendo que minha filha está no cômodo ao lado e que não posso perder o voo, eu me afasto. Toco sua bochecha com uma das mãos e guio seus olhos para encararem os meus.

— Eu amo você, Giovanna. Vamos corrigir isso quando eu voltar. Se cuida, ta? Cuida da nossa filha também.

Ela continua sem dizer nada, mas posso ver em seus olhos tudo o que está sentindo. O amor, a saudade, a vontade de corrigir as coisas. Na verdade, deve ser um espelho do meu.

Entro no táxi para o meu hotel em Curitiba às 16h38. Marquei de jantar com Orlando, o cliente, na casa dele, um daqueles ricaços que dão jantares extravagantes. Quem me atende é a esposa dele, Arlete, que imediatamente pergunta por Giovanna. Minha esposa sempre odiou jantar com eles, porque esquecem que ela é tão advogada quanto eu. Geralmente, Orlando trata comigo de negócios, enquanto Arlete tenta distrair minha esposa falando de jantares, filhos etc. Digo que Gi ficou em casa com Duda dessa vez e ela engata em uma conversa sobre minha filha até que encontramos Orlando na enorme sala de estar dos dois.

Ele corta o assunto dizendo para a mulher não me importunar com esses assuntos. Seguro-me para não rolar os olhos e mostrar quão entediante e ridículo é o fato de ele achar que falar da minha filha poderia ser um incômodo para mim. É a clássica atitude de gente velha e retrógrada que ainda não entendeu que os papeis dentro de casa hoje estão diferentes. É a nossa casa, são os nossos filhos. Tanto eu quanto Gi temos que nos preocupar com isso.

Enfim, esse não é o foco. Passo pelo jantar torturante e pela reunião curta em seguida. Quando volto para o hotel, tudo que quero é que esse dia acabe. Às vezes, só quero que todos os dias se acabem, quem sabe assim eu possa ter um pouco de paz e tranquilidade. Não sei o que eu tinha na cabeça quando decidi fazer Direito, mas no fim do dia não me arrependo. Viver de arrependimentos não é muito a minha praia. Abro a porta do quarto e, para minha surpresa, há uma mulher sentada na minha cama.

Mais especificamente a minha mulher.

— Giovanna?

— Oi — responde timidamente.

— O que você está fazendo aqui? — pergunto, batendo a porta.

— Não deu para esperar até segunda. — Levantou-se, caminhando até mim.

— E cadê a Duda?

— A Luiza passou lá em casa com o Davi. Pediram para ficar com ela durante o fim de semana e eu aproveitei, porque assim poderia vir para cá. — Gi parou na minha frente e segurou meus braços cruzados. — A gente tem que conversar.

— Sim, nós temos.

— Não vou esperar o nosso casamento acabar para lutar por você, Dan. — Ela tenta se manter firme e eu posso ver isso nos olhos dela, mas eles começam a se encher de lágrimas. — Eu te amo e, apesar das nossas brigas, nós sempre soubemos resolver nossas diferenças. Desculpa a minha burrice no caso do Marco. Errei, assumo. — A voz dela falha. — Isso causou uma mancha no nosso escritório e eu vou rebolar

Cuida do meu coração

até corrigir. Se você puder confiar em mim mais uma vez, nós vamos passar por isso.

— Gi...

— Dan, escuta, por favor. — Pediu com uma nota de desespero na voz. — Eu não vou desistir da gente. Não vou dar o divórcio a você. Confia em mim, por favor.

— Amor, eu não quero o divórcio. — Passo os braços pela cintura dela, desfazendo a pose anterior.

— Não? — Ela arregala os olhos, encarando-me. Os olhos cheios de água denotam o nervosismo.

— Não, Gi. Eu te amo. É um período difícil, eu fiquei mais do que puto, mas a gente vai resolver tudo entre nós e os danos ao escritório.

Giovanna solta o ar dos pulmões de uma vez, mostrando todo o alívio que isso deu a ela.

— Acho bom que você pense assim, doutor Daniel. Porque não vou criar outro filho sozinha. — Ela deita a cabeça no meu peito e eu beijo a parte de cima da sua cabeça. Então o que ela disse me atinge.

— Espera, você disse outro? — Afasto-nos um pouco, para olhar no seu rosto.

— É, eu disse. Um dia antes do julgamento do Marco, eu tinha descoberto que estava grávida. Como estávamos nervosos com toda a situação, eu resolvi esperar voltarmos de lá. Então tudo veio ladeira abaixo com aqueles vídeos.

Eu começo a rir, coçando a barba, porque toda a minha vida passa em perspectiva pelos meus olhos. Aquele tipo de cena que dizem que a gente vê quando está prestes a morrer, mas nunca me senti mais vivo. Deixei que um problema no trabalho me afastasse do que eu tenho de mais precioso nessa vida. Quantas vezes confiei em pessoas que não mereciam? Quantas vezes tomei atitudes baseadas no que me disseram e acabei quebrando a cara? Afastei a mulher dos meus sonhos, aquela que aceitou todos os meus defeitos.

Ajoelho aos pés de Giovanna e levanto sua blusa, beijando sua barriga.

— Eu vou ser papai de novo.

— Sim, você vai ser papai de novo — responde, acariciando a minha barriga.

— Eu já te amo, bebê. — Então, olho para ela e completo. — Eu te amo, esposa. Nunca vou deixar de amar.

Ser casado é isso, afinal. Ter altos e baixos. Às vezes algo muito baixo, seguido de outro muito alto. O importante é persistir, se aquilo te faz bem.

E minha família me fazia bem. Muito bem.

224

Carol Dias

Agradecimentos

Eu ainda não estou acreditando que tudo isso está acontecendo comigo.

Ter uma equipe como a da The Gift Box me apoiando e lutando pelo meu sonho junto comigo é tudo que eu sempre quis, desde que era uma garotinha e sonhava em ser escritora. Eu nunca vou conseguir agradecer o suficiente à Bia e à Roberta por tudo que elas têm feito por mim. Mesmo assim, vou continuar tentando mostrar quão grata eu sou. Obrigada, obrigada, obrigada.

Quero agradecer também aos meus leitores betas, que acompanharam a construção dessa história, até mesmo mentindo para mim para me fazer escrever. Marlon, Paula e Dani, vocês são maravilhosos.

Agradeço à minha família, que entende quando eu deixo de fazer alguma coisa com eles para escrever ou ir aos eventos literários. Vocês são a melhor família que eu poderia ter.

E obrigada a você, meu leitor, que acompanha o meu trabalho ou que me leu pela primeira vez em "Cuida do Meu Coração". Ainda temos muitas histórias pela frente.

Carol Dias

226

Carol Dias

Playlist

- ♥ Nos - Anavitória
- ♥ Coração Carnaval - Anavitória
- ♥ Never Be The Same - Camila Cabello
- ♥ She Loves Control - Camila Cabello
- ♥ Grenade - Bruno Mars
- ♥ New Year's Day - Taylor Swift

Ouça no Spotify: bit.ly/PlaylistCDMC

A The Gift Box tem a honra de apresentar seu novo projeto literário.

Cada mês será lançado um e-book exclusivo com histórias apaixonantes. Para os amantes de romances, em nosso site haverá produtos exclusivos e temáticos do livro, com imagens do crush literário.

No livro de abril, da autora Carol Dias, nosso crush literário é o modelo Manuel Yanez.

Navegue no mundo da The Gift Box!

 www.thegiftboxbr.com

/thegiftboxbr.com

@thegiftboxbr

@thegiftboxbr